庫JA

# リライト

法条 遥

早川書房

*7355*

目次

リアクト

本作は『リライト』『リビジョン』の内容に触れています。

# プロローグ１『桜井唯《さくらいゆい》の手紙』

これは、手紙です。ですから、本来はあなたに話しかける要領で文章を書いたほうがいいと思うのですが、あなたに対する意趣返しとして、あえて小説の体《てい》で書かせてもらいます。

彼女と違って私は小説など書いたことはないので、これから先の文章が多少乱れても、あまり気にしないでもらいたい。私は現在Ｓ新聞社に勤めており、記者の見習いと言えないこともない身分なので、それで文章が書けないのはおかしいという話だが、その理由を、これから私が話す物語……いや、事情……いや、過去……何でもいいが、とにかくこの理由を聞いてもらいたい。

まず、現在は一九九八年、春。

私の名は桜井唯。先に話したとおり、現在はS新聞社に勤めている。

これを書いている場所は、新聞社近くに私が借りているマンションの、自室である。

さて、今私の目の前には、二冊の小説が並んでいる。

ペンネームは岡部《おかべ》蛍《ほたる》。まず、これが問題だ。

なぜなら、私は静岡県の岡部町の出身だからである。

……実在する地名をそのまま書き表すのが色々とまずい事は承知しているが、今回の場合、岡部蛍という作家は実在している作家なのだから、仕方がない。そのまま書くしかないと、私は判断した。

さて、何が問題なのか。

どうして、こんな回りくどい言い方をするのか。

それは、私に原因がある事なのかを、これを読んだ人に判断してもらいたいのである。

最初に岡部蛍著『リライト』という小説から語ろう。

この小説を読んでもらいたい。全部を読む必要はなく、二章にあたる『一九九二年①』まででいい。

その章には、とある人物が登場する。

それが、私だ。

現実に存在している私が登場しているのだ。

……いや、やはり回りくどい言い方はよそう。

N中学校二年四組の、あのクラスメイトたちは、すべて実在しているのである。無論、担任だった細田《ほそだ》先生も実在している。

にも拘わらずこの物語は嘘なのだ。

嘘に決まっているし、嘘でしかありえない。

当たり前の事であるが……。

N中学の二年四組に、園田《そのだ》保彦《やすひこ》という転校生はやってこなかった。

当然、私は彼と一緒に、旧校舎で話をしなかった。

存在しない転校生と、話などできるわけがないからだ。

……やはり、どうしても回りくどくなってしまうから、もう単純に言ってしまおう。

リライトという小説に書かれている事柄のうち、『園田保彦』に関する事以外のすべての記述は正確なのである。

いや、一つだけ違う。

このあたりは作者……あの女が、何をどう考えたかは知らないが、一つだけ、違う。

それは中学校の名前だ。

調べればすぐにわかる事だし、地元で育った者には常識だったので、何でわざわざ変えたのか理解できないが、とにかくこれだけは違う。

我が地元、岡部町には、中学校も小学校も一つずつしかないのである。
すなわち、『岡部中学校』しかないのだ。
だから、岡部町に生まれ育った子供たちは、ほぼ無条件で岡部中学校に行ったのだ。
したがって『N中学』などというものはないのだ。
イニシャルにしたところで『O中学』とすべきなのに、なぜか『N』にしている。
だが、それ以外はすべて本当なのだ。
クラスメイトに『長谷川《はせがわ》敦子《あつこ》』はいた。
酒井《さかい》茂《しげる》もいた。
増田《ますだ》亜由美《あゆみ》ももちろんいた。
荒木《あらき》幸助《こうすけ》君もいた。
担任の細田先生は社会科の教師だった。
立ち入り禁止だった旧校舎も存在した。
しかも一九九二年七月二十一日に、旧校舎は原因不明の理由によって、突然倒壊した。
そこまでは事実だ。
すべて覚えている。
ぜんぶ、記憶の中にある。
『登場人物』たる、私の頭の中の記憶には、そこまでは確かに存在する。

だが園田保彦という転校生は、いなかった。

断言してもいい。正確に言うと中学一年時に、一人だけ女子生徒が転校してきた事はあったが、彼女は物語の中に出てこなかったので、何の関係もない。

実際私は、今回の事を調べるに当たり、母校の事務に確認してみたが、私たちが在学中に転校してきたのは、一年生のときのH・Sさん（本名なのでイニシャルにしておく。当然、これが人の名前に対する礼儀と言うものなのだ）しか、いなかった。

そもそも、頭がおかしい。

二三一一年の未来から、とある美少年が、とある本を求めて、わざわざ田舎の中学校にやってくるだろうか？

そして、私のクラスメイトの誰かが、彼の探している小説の作者で、その小説の存在を確定するために、クラスメイト全員に『同じ記憶』を共有させた？

馬鹿げている。

フィクションとして読めばおもしろいかもしれないが、もう一度言うと、『リライト』という小説に書かれている人名および地名は、すべて実在のものなのだ。実在している人間から見ると、悪質な悪ふざけにしか思えない。

わざわざ架空の人物を用意して、実在した地名と記憶に絡めて、書いているのだ。

それなのに……！

いや、冷静になろう。

というのは、私、桜井唯として、見過ごせない……いや、これはひょっとしたら名誉毀損に当たるかもしれない事柄が、その小説には書かれているからだ。

お笑い種である。

何と、私は小説の中で死んでいるのだ。

それも、酒井君の考察が正しければ、あの女に殺されているのである。

そう、あの女。

これだけはさすがに、イニシャルで語るとAさんである。本当の名前も、苗字がAで始まるので、問題ないはずだ。

そのAさんだが……、

やはり、まだ、ここで語るのはよしておこう。

今は、とりあえず、この事だけを言っておきたい。

私の卒業アルバムに、

『また、未来で』

『園田保彦』

という悪戯書きをしたのは、誰ですか。

また『園田保彦』と思われる少年の写真を、わざわざ卒業アルバムの中の写真と入れ替えたのは、誰ですか。

これは、犯罪です。

少なくとも私の家に忍び込み、卒業アルバムを盗み、悪戯の文章を書き、写真の何枚かを入れ替える、という不法行為をしなければ成り立たないのですから。

あなたは、確かに何も盗んでいないかもしれない。現に、この卒業アルバムは今も私の手元にある。

ですが、住居侵入罪には当たります。

正直に名乗り出ていただければ、当新聞において『この事』を追及するのは、許してあげましょう。

以上、H出版の『岡部蛍』の担当編集様へ。この手紙を確実に『リライト』の著者へお届けくださるよう、頼みます。

S新聞社勤務　桜井唯

P.S.

続編で私を殺した犯人を『男性』にしたのは、ひょっとして改心したのですか？ それとも罪の意識に耐えられなかったのですか？ いずれにせよ手遅れだと思いますがね。

あんたの事だよ、雨宮《あまみや》。

# プロローグ２『保彦と蛍』

どこまでも純白だけが続く世界で、その少女だけが漆黒だった。

何の事はない。黒いセーラー服に、防寒のためか黒いタイツを穿いているだけなのだが、それでもこの白樺の森の中で、そして穢《けが》れのない積雪の中で、少女は一際目立っていた。

少女の横に、一人の、まだあどけない顔の少年がいた。

少年の名は、保彦。

その名前は……、
夏に、書き換えられる者。

秋に、繰り返し続ける者。

春に、めぐりめぐる者。

そして冬において、約束する者。

「やあ」

少女が、保彦に挨拶をした。

「約束通り、来たね。一条君《いちじょう》」

うん、と保彦が頷くのを見て、少女は手を伸ばし、保彦の栗色の髪を撫でた。

「前にも言ったけれど……、私にとって『保彦』という名前は、結構、特別なんだ。もちろん、君の名前と同名であったとしても、君には何の関係もないのだけれど、やっぱり『彼』に悪いから、君の事は『一条君』と呼ばせてもらうよ」

うん、ともう一度保彦が頷くのを確かめてから、少女は、保彦が持っていた本を指差した。

「それ……」少女が、笑いかけた。「やっぱり、名前が同じだから読んでくれたんだね？」

三度《みたび》、保彦が頷いて、語り始めた。

「うちにある子供向けの本はぜんぶ読んじゃったんだけど、大人の難しい本は、まだお父さんが読んじゃ駄目だって言うんだ。漢字が読めないからって……。ぼく、そんなに難しくない漢字なら、もう読めるのに」

「ちゃんと、学校で習うまで待てばよかったのに」

「それじゃあ、遅かったんだ」

「遅い？」

「うん……」

しんしんと、降り積もる雪。

少女と少年の他には誰もいない、真っ白な森。

少年は、告白を始めた。

「ぼくは……、なぜか、知ってたんだ。この物語の事。どうしてかわからないけれど知っていた。たぶん、鏡で見たんだと思う」

「鏡って？」

「うちにある古い鏡なんだけど、どうしてか、僕には見えるんだ」

「その本の内容が？」

「そう、だから……」

保彦が本を広げ、ぱらぱらと、めくって見せた。

「本屋さんでこの本を見たとき……、あ、やっと来た、と思ったんだ。だからぼく、お父さんにこの本を買ってもらった。だけど、読み出したらすごく変だと思ったんだ。ぼくと同じ名前の、でも、ぼくよりずっと大人の、ぼくより背が高くて、ぼくよりすごく頭のいい人が……」

少年が一生懸命に説明しようとするのを見た少女は、優しく微笑んで、もう一度、頭を撫でた。

「大丈夫、言いたい事はわかるよ。それで？　続けてみて、一条君」

「それで……、お姉ちゃんに言われた事を、もう一度頭に置きながら読んでみたんだ。そしたら……」

「うん」

「卒業アルバムなんだね？」

「……」

少女は、反応を返さなかった。

しばし無言だった。

純白の世界で静止した漆黒の少女が、無言のまま止まっていた。

十分は経っただろうか。

少女が、笑い出した。

それは、嬉しさと、悲しさが、入り混じったような……。

感動と絶望が、出会ってしまったかのような。

そんな笑い方だった。

「正解」笑いを抑えてから、少女は言った。「そう、それだけが変なんだ」

少女が、少年から本を受け取り、二五五頁を指す。

「これだね？」

「うん」少年が頷く。「そのシーンで、未来から来た転校生の、友達だった人が、保彦……ぼくじゃない保彦は、二年ぐらい一九九二年にいたと言っている。だったら」

「そうなんだ。よく気づいたね」

少女は少年に本を返した。

そして、語りだす。

「その通り……、君にわかるように簡単に説明しよう。仮に『保彦』君の誕生日が、七月一日だとしよう。一人のクラスメイトにかける時間は七月一日から二十一日までの二十一日分でしかない。という事は当然、

$$365 \div 21 = 17$$

だから、最初の一人である『彼女』を除くと、十六人目から『十五歳になった保彦』君と接する事になるの。

　さらに、三十三人目からは『十六歳になった保彦』君と接するのよね。十五歳＝中学校三年生、十六歳＝高校一年生。だから、『最初の一人』である彼女からは、『その』保彦君の写真が変に見えたのよ。彼女は『最初の一人』であるがゆえに『十四歳の保彦』君しか、知らなかったから。そしてアルバムに保彦君がいた＝しかも成長している＝過去が変わった、と誤認したのよね」

「写真が残っていたのは、何で？」

「んっとね」

　彼女は、制服のポケットから小型の機械を取り出した。

「これはPHS……、まあ、その物語の中に出てくる『携帯電話』とほぼ同じようなものなんだけど、実はこの電話に、二〇〇二年時点では小型のカメラが付いているのね。そのカメラで撮ったものを、あのクラスメイトたちは『自分だけの思い出』として、卒業アルバムを作るときに提供したの。だから、残っていたのよ」

「じゃあ、卒業アルバムの最後の、保彦の書き込みは？」

「あれも簡単。あのクラスメイトたちは、全員『自分だけ』って思い込んでいたのだから、クラスの誰かが悪戯でそう書き込んだのよ」

「字は、人によって違う、個性が出るって、お父さんが言ってた」

「お父さんは間違っていないわ」彼女が頷いた。「ただ、思い出して、一条君。『彼』って、字が書けたかしら？」

少年は考え込んでいたが、すぐに気づいて声をあげた。

「そうか、保彦……ぼくじゃなくて、この『保彦』って、字が書けないんだった」

「そうなの。だから、誰が書いたとしても、『それが保彦君の字ではない』と証明する事はできなかったのよ。だって、彼自身は字が書けないんだから」

「そうかあ……」

少年は新鮮な驚きに、身を震わせていた。

思いもしなかった解釈。

物語の真相。

ただ、読むだけでは、追いつかない真実。

その真実を解き明かしたときの興奮。

読書の喜びだ。

少年は今、恐らくは生まれて初めて、それを味わっているのだろう。

少年の赤い頬に、興奮で、さらなる赤が加わる。

少女は一度、微笑んだ後、少年の頬をつついた。

「さて……」

少女が保彦から、徐々に離れ始めた。

「約束は、これで終わり。約束どおり君はちゃんと気がついた。だから私も約束どおり、君にこの力をあげるよ」

少女が、首から提げていた革ひもを引っ張ると、黒い制服の内側から、するりとペンダントが抜け出た。

正確にはペンダントではない。

それは、透明な小瓶だった。

中には、紫色の丸い、薬のようなものが一粒だけ入っていた。

「……」

それを見て、保彦が動きを止める。

まるで懐かしいものを見たような。

まるで見た事もないようなものを、見たような。

昔の相棒と、久しぶりに再会したような。

相棒になるであろうものと、いつかどこかで、出会っていたような。

説明のしようがない。

強いて言えば、それは——

『　　　　　　　　　　　時　　　　　　　　　　　』

だったのだろう。

だが、少年は気づいてしまった。

「……ねえ、お姉ちゃん」

「なあに？」

少女は、左手に小瓶を持ち、今からその蓋を開けようとしているところだった。

「だったら、どうなるの？」

「何が？」

「この後、何が、どうなったの？」

「何が？」

「この物語の後は、どうなったの？」

「何が？」

「だから……」

あれ、と気がついた。

少年は変な事を言っている。

仮定の、さらに先。

あったかもしれない物語の、そのさらに奥。

覗いてはならない真実の、その遥か彼方。

「どうなったの？」

なおも少年は、問い続けた。

唯一の答えを持っていると、保彦だけが信じている少女に向かって問い続けた。

「時間は……どうなったの？」

「さあ……」

「答えて！　お姉ちゃん！」

保彦が、身を乗り出して、少女のスカートを引っ張ろうとした。

するりと、避けられてしまったが。

「もう、説明したはずでしょう。一条君」

むしろ楽しげに、少女は言った。

「二三一一年に、一人の科学者が失踪した……。科学者の部屋には、時を超える力……つまり、この薬が残されていた。その薬は科学者本人以外では、五秒間しか使えないものだったけれど、七〇〇年近くかけて、ようやく薬の成分が解析されたの」

「お姉ちゃんは、本当に……！」

「つまり、誰でもタイムリープする事が可能になったのね。そうすると、時の政府はすぐに時間に関する法律や、時間を取り扱う専門の機関を立ち上げたの。時間を不正に使わないように……」

「本当に、お姉ちゃんは、西暦三〇〇〇年から……？」

「そう、時間の守り人。誰かが時間を不正に扱わないように、管理するのが仕事なの」

そう言ってから、彼女はくるりと、雪の中で舞った。

黒いスカートが、ふわりと舞い、雪の白と、布地の黒で、交差する。

「不自然に見えないよう、私たちはその時代で最も目立たない服装になってから、時を超えてくるの。この時代の女性で、私の年齢なら、この格好が一番目立たないから」

ほら、ちゃんと学生証まで用意したのよ、と、彼女はセーラー服のポケットから、この近くの高校の学生証を取り出した。

それでも、少年は納得しなかった。

「だってお姉ちゃん、本当に高校に通っていたじゃない。ぼく、校門から出てくるところを見たんだよ？」

「当たり前でしょ。この服を着ている人間が、あの時間に学校以外の場所を歩いていたら、変だもの」

「いや……」

少年は妥協しなかった。

保彦は、折れなかった。

彼は、考える事を止めなかった。

「違う」

永遠などないのかもしれない。

時間は、いつかどこかで途切れるかもしれない。

それでも、『保彦』は止まらなかった。

止められなかったのか、止めたくなかったのか。

止まりたくなかったのか、止まる術《すべ》を知らなかったのか。

本人にすら、わからなかった。

「じゃ、これで約束は果たしたわ」

少女が、保彦に背を向けた。

「その力は本来は君のもの。それを使って、君がどこへ行き、何を見て、何を触り、何を口にしても、君は自由。だけど、忘れないで、一条君……」

少女は、泣いていた。

泣く姿を見られたくないから、保彦に背を向けたのだが、そのことを彼女は口にしなかった。

「……本当に、美しい、雪」

「え？」

「忘れないで、一条君」

後ろ姿のまま、彼女は言った。

涙を見せないまま、彼女……友恵《ともえ》は言った。

「美雪《みゆき》を、お願い」

そう言うと、彼女の姿が、雪の中から掻き消えた。

まるで、雪のように。

雪が溶けるように、いなくなった。

春に、なるように。

やがて春が来て、冬の姿を隠すかのように、消えた。

「……」

少年は、しばし、呆然としていた。

その場に残された、少年と小瓶。

「僕は……」

少年が小瓶に手を伸ばす。

小瓶のふたを、開ける。

すぐに、ラベンダーの香りが漂った。

「僕は、保彦？」

薬に、問い掛けるように言った。

「僕が、保彦？」

冬は、答えてくれなかった。

# プロローグ3　『遠き夏の日』

それはある夏の日の、夜の一幕の事だった。

『――仮に、だぜ。保彦』

『何だい、茂《しげる》？』

保彦と呼ばれた長身の、少年とも青年とも区別のつかない生徒が、とある学校の屋上で、茂と呼ばれた色黒の生徒と会話していた。

『俺たちのクラスの中の誰かが、お前の探している小説を書いて、世に出す。……市販されるかどうかはわからない。ひょっとしたら趣味で自作して、そのまま家の棚にしまっていたものが、偶然……いや、お前に言わせればそれが運命って事なんだろうが、お前の家の父親の持ち物の中にあって、お前が相続して、ってのは納得した。そこまではいい。だが』

『だが？』

『いや、最も可能性の高いパターンを考慮すると、やっぱりこうなるんだよ。俺たちのクラスの中の誰か……、まあ、小説家になるには多少の知性と知識がいるだろうから、普通に考えて委員長の桜井、もしくは本好きの雨宮《あまみや》、あるいは国語の成績が一番いい田村《たむら》……まあ、最初に想定したとおり、「誰が」書くのかと考えたら、やっぱりこの三人になるわな』

茂の意見に、保彦は確認するように頷いた。

『女子だけだったら、可能性が高いのはその三人だと思う。でも、何度も言うように、作者が女性であるとは確定していないんだ』

その上、ペンネームまではっきりしていないのに、かつペンネームが判明しても、それがそのまま性別を表すとは限らない。

そう保彦が語るのに、茂はやはり、しっかりと頷いて返事をした。

『それはわかっている。だから、たぶん有り得ないだろうなと仮定した上で、担任の細田先生にまで同じ事をやってるんだから。だが、年齢を考えてみると、やはり細田先生はありえないと思う』

『年齢って？』

『細田先生は公務員だから、定年で退職する。公務員に副業は許されないから、もし仮に作者が先生だとしても、デビューするのはそれからになる。もちろん、先生の寿命がわかっているわけじゃないが、やはり、年齢的に考えて……』

『北山薫という作家だって、元公務員で作家じゃないか』

『あ、そうか、その作家がいたか、俺、好きなんだよな。北山先生の文章。すごく女性的でさ』

『北山薫は男性だよ』

『えっ⁉』

『あ、ごめん。彼がプロフィールを公表するのは、今よりもう少しだけ未来だった』

そう何でもないように呟いた保彦の傍らで、茂が、少しだけショックを受けたように蹲《うずくま》った。

『いくら未来を知っているからって、ネタバレとか、お前……』

『ごめん、何だか夢を壊したみたいで』

くすくすと笑う保彦を茂が指差した。

『そう、それだ。俺の言いたい事は……つまり、ネタバレなんだよ』

『だから、何が言いたいんだい、茂』

『例のオリジナルの本の中身を、最初の部分以外は誰にも見せてないんだよな？』

『当然じゃないか』

『その状態で、俺たちのクラスの中の誰か……、仮に女子だったら、今上げた三人の中から、「小説家」として、デビューして、お前が持っている小説を発表する』

『うんまあ、僕の現代、つまり三〇〇年後の未来まで残っていたのだから、確かにその可能性が最も高いだろうね。残っていたのは偶然にしても、製本がしっかりしていなければ、風化してしまう年月だから』

だから、保彦も『市販されているとは限らない』とは知りつつも、状況を考えれば『市販されている可能性のほうが高い』と判断し、時を超える力でもって、この時代に探しに来たのだった。

今では、あくまでそれも建前になってしまったが。

『でだ、仮に、だぜ？　雨宮が作者だとしよう。あいつが未来で作家になって、お前の探している小説を書いて、出版した』

『うん、それが？』

『その時、仮に雨宮が、例の薬を使わずにとっておいて、この時代の自分の部屋に本を置いてきたらどうなるんだ？　五秒でもそれぐらいはできるだろ？』

茂は自身の懸念を、友人である保彦に話した。

そう、あくまでも懸念だったのだ。この時点では。

逆に言えば、だからこそ茂は、この十年後の夏、危惧していた通りの事が起こったのではないかと考え、彼が想定したとおりに動いた。

すなわち、『もう一度演じ《リアクト》』たのだ。

よって彼は彼の想像の範囲内で『こうなるだろう』と想定し、まるで『書き直され《リライト》』ているかのように、振る舞った。


――――ここまでが『リライト』前。

その問いを受けた保彦は、

『う――――ん』

凄く困った顔をしていた。

ただ、本気で焦っていたわけではない事は、その顔を見るだけでも理解できた。

茂には、わかった。

それは、何か隠し事をしているという顔だった。

『保彦』

それゆえ、茂の声は厳しかった。

『お前、俺に事態の全部をちゃんと教えたんだろうな？　……これだけの事をやって、俺たちのクラス全員を巻き込んでおいて、今更隠していた事があるだなんて、冗談じゃねえぞ』

『……なら、正直に言おう。隠していた事は、確かに一つだけある。ただ、それは僕の想定の範囲で事態が進めば、N中学校二年四組のみんなには、全然、何にも、これっぽっちも関係がない事なんだ。だから、君にも話さなかった』

『おい、保彦、このバーカ！　やっぱり隠し事があるんじゃねえか！』

『関係がないことを話すつもりはなかったし、現に、これからも君には、これを話す気はない。君はただ僕の持ってきたオリジナルをコピーして、それを本の形で一冊だけ残してくれればいいんだ』

『……それだけだな？　本当に、俺のやる事はそれだけでいいんだな？』

『うん、そう』

『わかった。じゃあ……、いや、ちょっと待て。話をはぐらかすな。お前、俺の質問にちゃんと答えてないだろ』

『何が？』

『だから、仮に雨宮が作者だとして、例の薬を取っておいて、一九九二年……つまり、未来の雨宮にとっては「過去」に、自分の本を置いてきたらどうなるかって話だよ。そうなると雨宮には、今、俺たちが何のためにこんな事をしているのか、ばれる可能性があるじゃねえか。現にあいつ、祭りの時に変な場所にいたし。そうなったらどうするかって』

『それは、大丈夫だ』

自信たっぷりに、保彦は答えた。

『茂の言いたい事はわかる。もし仮に未来の雨宮さんが、そうやって未来の本をこの時代に持ち込んだら、僕はもう彼女に逆らえなくなってしまう。雨宮さんが持っている本が、僕が未来で探し当てた本そのものなのかも知れない、という運命が確定してしまうからね。かつ、雨宮さんが作者なら、「書かない」という選択肢を選ぶ事で、本当に雨宮さんが持っている本が、唯一無二のオリジナルになってしまうから』

『だろう、だから』

『だから、それは大丈夫なんだよ』

『え？』

親友の妙に自信ありげな表情に、茂は疑念を抱いた。

『誰が書くのか』わからない。

だからこそ、こんな……言わば『下手な鉄砲数打ちゃ当たる』戦法で確定しないかもしれない未来を無理矢理に、定めているのだから。

少なくとも茂は、自分たちが行っている行為が『そういう事』だと理解して、行っていた。

だが、保彦は違った。

『簡単に説明するとだね、茂』

そう言って保彦は、例の装置で、空間から何かを取り出した。

それは、茂も何度か目にした、保彦が一九九二年に来た目的そのもの。彼が未来から持ってきた『探し求める本』のオリジナルだった。

『これが、僕の家にあったオリジナルなわけだけど、もし仮に雨宮さんが「これと同じもの」を持っていたら、どうなる？　……というのが、君の疑問なんだろう？』

『そうだ』

『そんな事は起こらない』

『……何でだ？』

『だから、言っただろう、茂。僕は、過去の僕にも、未来の僕にも、会う事も話す事もできないんだよ』

『それが……』

言いかけて、茂も気がついた。

『……同じ理屈が、その本にも適用されるって事か？　もし、二つの本が「同一」のものだったら、それは』

『そうだ、同じ時間軸に存在する事ができなくなる。だから現に、僕らは微妙に時間をずらして、クラスメイトのみんなと行動しているんじゃないか』

『そうか』茂が腕を組んだ。『え、いや、ちょっと待てよ。同一の本が存在できないんだったら、お前がそれを持っている限り、お前は永遠にその本のオリジナルに出会えない事になるんじゃないのか？』

『だから、普段は別の空間に隠しているんじゃないか。因果律を捻じ曲げないために』

『ああ、そういう事か。……じゃあ、いいんだな？　俺が危惧したような事は起こらないんだな？』

この問いに、なぜか未来人は黙ってしまった。

そして、数秒後、

『まあ、たぶん』

『おい』

『いや、たぶん、大丈夫だ。うん、本当』

『ったく』茂が、組んでいた腕を解いた。『しっかりしてくれよな。全部、お前から生じた事なんだから……』

そう言って、茂は作業に戻った。

この時、異なる場所にいた『保彦』から、

『三枝《さえぐさ》さんとの今日のデート終わったよ、次はどこに行けばいい？』

という知らせが入ったからだった。

その声に対し、茂はこう答えた。

『じゃあ、次は岡村のところに行ってくれ。……あ、今は屋上来るなよ。お前がいるから、来たら学校が壊れる』

と、茂は答えていたので、気づかなかった。

この時、茂の後ろで、保彦が一言だけ呟いたことに。

『……まあ、もし、ひょっとしたら……『過去を見る力』が、この時代にあったなら、かなりまずい事になるんだけどね。彼女が――

――ここまでが、『リライト』後の物語

『あ？』

茂は、振り向いた。

そこには誰もいないはずだったのに、振り向いてしまった。

保彦の声がしたからだった。

『……』

（俺は……）

『茂？』

保彦の声。

（俺は、今、誰と会話していた……？）

『茂？　次は誰だって？』

『あ、ああ？』

だが、すぐに彼は、彼の現実に戻った。

リライトされたからだ。

『次は、えーと、桜井だな。桜井唯』

『了解』

茂も、保彦も、この時、呟いた保彦の一言がすべての時間から放り出されてしまったので、聞いていていなかった。

――転校してしまった坂口穂足《さかぐちほたる》さんが、何か、別のトラブルにでも巻き込まれなければ、の話だけど』

# プロローグ4『リライト』

それは、西暦二〇〇〇年代におけるパソコンのようなものだったのだろう。ただし、現代のそれと比べると凄まじく小さくて、かつ高性能だった。

画面に、何かの文字と画像が表示されている。

カタカナで『リライト』と映っていた。

小説、らしい。

著者の名前が、なぜかぼやけていて、よく見えなかった。

# 1『時を駆ける少女　1』

ふわりと制服姿の少女が降り立った。

場所は、静岡県興津の、とある墓地。

彼女は、一冊の本を手にしていた。彼女が普段使っている携帯端末は、この時代ではまだ珍しすぎるため、この時代で所持していても不自然にならないように偽装する必要があったからだ。

柔らかそうな身体を包んでいるのは、どこにでもありそうなセーラー服だった。

リボンは赤で、襟は黒。

長くもなければ短くもない、肩で切りそろえられた黒髪。

まだ完全には時の跳躍が終わっていないのか、彼女の姿はどことなくぼやけて見えた。

「さ、て……」

それは、とある小説の表紙の女性にどことなく似ていた。

「まずは一九九二年の秋からという事だが……」

赤い本を、ぱらりと開く。

彼女以外には、その本の中身は単なる辞書のようにしか見えないが、彼女には、そこに三次元の地図のようなものが描かれているのが見えた。

「ここ以外にも、いくつか改変の痕が見られるが……例の科学者の仕業か？　これは」

彼女の脳裏に、最重要課題として命じられているとある人物のプロフィールが浮かんだが、その発想は、彼女に届いた次の声で掻き消されてしまった。

『あなた』

「……？」

『あなた、何なの？』

「何だ？」

思わず、彼女は耳を触った。

電子的な音声ではない。しかし、明らかに人間の声でありながら、その声は遠く、数千年の時を隔ててきた声だった。

『あなたの姿を、私は知っている……』

「……」

彼女は、さすがに気づかなかった。

その声の主が、彼女が追っている科学者の、母親だったという事実に。


ホタルは、西暦換算で言うと二三一一年に謎の失踪を遂げた、とある科学者を時折恨む事がある。

こいつさえいなければ、私は今頃別の仕事をしていたのにと、思わないでもないからだ。

西暦三〇〇〇年、既に社会には、職業選択の自由はない。

適正年齢に達した時点で、その才能が開花しそうな職業に、自動的に割り振られるようになっている。

ホタルの場合、とある薬品を口にした事で、人生が決まってしまった。

その職業は、現代で言うところの花形なのだが、ホタルが『やりたい』と思っていた仕事ではなかった。

それでも仕方がない。

拒否する事も、逃げる事も、西暦三〇〇〇年の社会では許されていないからだ。

(この薬を開発した奴は、とっくにどこかの時代に逃げたというのに、か?)

そう言いたかったホタルだが、上司の前でそんな事を口に出せるはずもなく、ただ、偽装を終えた今のホタルの格好を、上司に晒《さら》していた。

「意外に似合っているじゃないか」上司はそうコメントした。「私の、ひいひいばあちゃんが、若い頃そういう格好をしていたと聞いた事がある」

（それは、褒めているつもりなのか？）

やはり口には出さなかったが、代わりにホタルは、口を皮肉げにゆがめた。それを見て、上司が不快そうに問う。

「どうした？」

「一〇〇〇年も前の原始時代の格好が似合っていると言われて、どう反応したものか、考えていました」

「そう言うな」上司が笑った。「私だって若い頃は、黒一色の、襟が首にあたってやたら痛い服を着て、その時代に行っていたんだ」

「調査員の透明化の案はまだ通らないのですか？」真剣に、ホタルは聞いた。「調査をするだけなら、何も当時の格好を再現する意味はないと思うのですが」

「どこでどんな因果に遭遇するか、まったく見当がつかないからな。少しでも、達成率を上げるには、とにかく不自然な格好、言動、機能を使わないに限る」

「ええ……」

ため息とともに、ホタルは了承した。この話は終わったと思ったのか、上司がとあるデータを表示する。

「では、今回の仕事の詳細を君に教える。例によって我々の仕事は決して口外しない事。データを頭に入れたらすぐ消去し、準備を終えたらすぐに過去へ向かいたまえ」

「了解」

「結構、今回君には、一九九二年の秋に行き、そこで起きた地震の原因と詳細を調べてほしい」

　西暦三〇〇〇年である『今』では、西暦は使われていないが、面倒くさいのでそのままこの年号を使わせてもらう。

　西暦三〇〇〇年には、少なくともこの一〇〇〇年前である西暦二〇〇〇年には想像もつかないような職業である『タイムパトロール』というものが存在していた。

　時間の管理を仕事とする組織に勤めている調査官の別称でもある。

　西暦二九八六年生まれの、私ことホタルが所属している組織だ。

『タイム……、パトロール、ですって?』

　鏡の中の、視力補助の器具である青い眼鏡をかけている女性が言った。

　そして、笑った。

おかしそうに、微笑んだ。

「何か？」

私の問いに、やはり鏡の中の女性……『坂口霞《さかぐちかすみ》』と名乗る女性が、『いいえ』と返した。

『ごめんなさい、よく考えれば私にはあなたを笑う事なんてできないし、資格もないわ』

「あなたは、過去が見える能力者だからか」

『いいえ、それとは別の意味で、私には、時間を語る資格がないのよ』

私は現在、一九九二年の秋、大地震により崩壊した静岡県興津の外れにある墓地から少し離れた鬱蒼とした林の中、少しだけ山肌から露出している岩の上に座って、手に持った鏡と話をしていた。

正確には、鏡の中にいる坂口霞とだ。

『で、という事はあなた……蛍？　それとも穂足？』

「……？」

どちらも発音が同じだったので、私は少し考えてしまったが、ややあって意味があるとわかった。

「いや、私の名前は漢字ではない。私の生まれた社会には、既に名前を漢字で表す文化がないのだ。……この時代の知識で言うなら、私の名前は片仮名だとでも思ってくれ」

『そう、では、ホタルさん』

「何か？」

『あなた、言ったわよね。タイムパトロールは、時間を超える事ができるのだと』

「ああ」

私は自身の服装を、鏡の中の霞に見せるようにしてから、言った。

「セーラー服、というのだな。この、ろくに防寒も暖房も考えていないような服装は。それになんだ？　このやけにひらひらした下半身を覆う布は……この時代では、下着を見せるのは下劣な行為だと聞いていたが、それなら何でこんな構造の服を着るんだ？」

『っふ』

また霞が笑ったので、私は聞いた。

「何だ？　私はそんなに変なことを言ったか？」

『あなた、凄く可愛いし、似合っているのに、その喋り方と雰囲気がね』くすくす笑う霞。

『おかしいなって、思ったの。それだけ』

「おかしくて当たり前だ。私は今から一〇〇〇年も後に生まれたのだぞ。この時代の服装が似合っていてたまるか」

私は、任務に赴く前の上司の言葉を思い出しながら言ったのだが、霞は別の意味で言ったらしい。

『おかしいっていうのはそうじゃないの。似合っているのに、似合ってないから、おかしいのよ』

「……やはり、駄目だな」

私は、ため息を漏らした。

『何が？』

「仕事のために習ったはずだが……、やはり一〇〇〇年も時代が違うと、同じ言葉を使っていても意思の疎通に問題が生じるようだ」

『そんなに気にする事だとは思えないけれど』

と、霞は暢気《のんき》にそう言った後、今度は真剣な顔で聞いた。

『あなたたちタイムパトロールさんは時を超える事ができる……、それで、その力は』

「そうだ」

私は説明を始めた。

私が生まれる七〇〇年も前のことだが……、
西暦二三一一年、当時十四歳だったとある科学者が、自室からも所属していた大学（当時は大学という名称ではなかったが、面倒なのでこの名称で説明させてもらう）からも、また私的な友人や知人にも一つの知らせもなく、いきなり失踪した。

それから七〇〇年経った今も、彼は見つかっていない。

この彼……、私は当然、名前を知っているのだが、ここで明かす必要はないだろう。

この男は、タイムパトロールにとって、大袈裟な言い方をするのであれば、失踪した二三一一年から現在に至る三〇〇〇年までの全世界の、全地球人から、指名されて、追われて、探されている人間だった。

なぜなら、失踪したこの科学者の部屋に残されていたのは、人類にとって奇跡とも言うべき力だったからだ。

それはタイムリープの薬。

強烈なラベンダーの香りを放つ紫色の薬だ。

『ラベンダー……？』

霞が、不思議そうに呟いたので、私は聞いてみた。

「何か？」

『いえ、何か……、頭をよぎったのだけれど、それはたぶん、鏡の中にいる私が、他の次元の私と、情報を一部共有しているからだと思うの。つまり、私にはわかるけれど、わからない』

「……？」

意味がわからなかったが、霞はそれ以上説明する気はなさそうで、『続きを話して』と促した。

話が逸れてしまったので、ついでに話しておくと、私はこのラベンダーの香りが大嫌いだ。

私にとって、仕事というのは、強制労働だった。

願ってもいなければ、望んですらいない、他の時代に行き、そこで現地では不自然にはならない格好をして、時には何千年も前の人間と話さなければならない、この仕事。

説明はできないが、何となく、嫌なのだ。

私から見れば、この、『今』である一九九二年すら、とてつもなく不便に思える社会。

何もない世界で暮らす人間と出会うことが、嫌なのだ。

特に病院などがそうだ。

この時代の病気や怪我など、私の時代に運んでしまえば、すぐに全快するようなものばかりなのに、そんな事はできないし、してはいけない事になっている。

救える手段があるのに、救ってはいけない理由と因果がある事が、とてつもなく理不尽に感じるのだ。

だから、私はこの仕事が嫌いだ。

嫌いなのに、仕事に赴く際、他の時代に行くときには、このラベンダーの香りの薬を服用するしかない。

よって、私はラベンダーの香りが嫌いになった。

そう語ると、霞は不思議そうな顔をして、私に聞いてきた。

『その香りを消去する事はできなかったの？』

「科学者連中はそんな事、気にしなかったらしいな。それに、この薬を作った科学者は、恐らく識別の目的でわざときつい匂いをつけたのだから、消す必要はないと言っていた。……確かに、適性のない人間が使っても五秒しか持たないのだが、それでも危険な薬には違いないからな」

そう、この時を超える力の薬は、恐らく作った本人以外は、五秒しか持たないように調節されていたのだ。

『本人』であれば、この五秒のルールが適用されない、という推測には理由がある。

作った科学者を、全世界の総力を挙げて、地球上のありとあらゆる場所を七〇〇年間も探したのに、見つからなかったからだ。

つまり、作った科学者は、薬の力を使って、遥か過去か遠い未来に逃げたとしか考えられなかったのだ。

『そこまでして、どうしてその人を探したの？』

「薬の現物は残っていたが、製造の方法がわからなかったからだ」

科学者の部屋と、ほんの少しでもかかわりがあった場所を、やはり徹底的に調べ上げたのだが、とうとう薬の製造方法はわからなかった。

わかったのは、この薬を使えば、誰でも五秒間だけは時間を超える事ができる、という客観的な事実のみ。

『でも、西暦三〇〇〇年から来たというあなたは、既に五秒以上、今……九二年にいるわよね？』

「そう、製造方法はわからなかったが、何とか、適性を持つ人間を見つけ出すことには成功した」

他ならぬ、それが私というわけだ。

しかし、その『適性』というのが何なのか、実はいまだに判明していないのだ。

わかるのは、なぜか作った科学者以外は五秒しか使えないはずの薬の力を、世界には、ほんの数人だけ、作った科学者本人と、同じ効力を得る事ができる人間が存在するという事だけ。

だから、『判別』の方法は簡単だ。

時を超える薬を飲んで、五秒間経っても帰ってこない場合、他の職業のどんな適性があっても、才能があっても、金をうなるほど持っていようが、国家元首本人であったとしても、強制的にタイムパトロールに編入させられる。

「私は」

この時代でこんな事を言っても、意味がないのは承知していた。

私にとっては一〇〇〇年も前の、それも鏡の中の女性に言ったところで、絶対に何も変わらないことは理解していた。

それでもなぜか、私はこぼしてしまった。

「こんな仕事など、したくなかった」

『どうして？』

「友達が……」

適性の判断は早いほうがいい。

早ければ早いほど、いい。

理屈はわかる。

だが私の場合、それは本当に幼い頃……、まだ、物心つく前のことで、わずかに四歳か五歳だったろう。

運命のように、私だけ適性診断のテストが早かった。

私には、なぜか適性があった。

薬を飲んで、帰ってこなかった私を、両親は喜んで手放した。

タイムパトロールの仕事は、かなり高給だったからだ。

そして、私は政府に預けられた。

次の日から、凄まじい量の歴史の勉強をしなくてはならなかった。

いずれ私は、何千年もの時間の旅をしなくてはならなくなるからだ。

「友達が……」

いなかったのだ。

ほしかったのだ。

一人も、私の言葉を聞いてくれなかった。

『ホタル、さん？』

「いや」さすがに泣きはしなかった。「なんでもない。話を続けよう……」

と言っても、もうあまり語る事はない。タイムパトロールになった人間は、時を超える力を駆使して、歴史上、どうしても不明瞭な出来事や、歴史の闇に葬り去られた事実を確認するのが仕事だ。

『例えば？』

「あなたの国で言うと、織田信長は本能寺の変の後、実は生きていた。ただし、歴史の表に出る事がなかっただけ」

『……正直に言っていい？』

「何だ？」

『ものすごくどうでもいいんだけど』

「だろうな」

つられて、私も笑った。

そうだ、どうでもいい。

歴史の闇に消えた出来事は、必然だったからこそ消えたのだ。

その消えた事実を引っ張り出す事は、当時の人間の意志を無視する事になる。

なるほど、だから私はこの仕事が嫌いなのだ、と再認識した。

「さて」私は鏡を見た。「今度はあなたの番だ。坂口霞、あなたは、この地震を引き起こしたのが自分だと言ったな？　それは、なぜだ？　どうしてあなたは鏡の中にいる？」

『……すごく長くなると思うけど、話していい？』

「ああ」

『夜までかかる……いえ、明日の朝までかかると思うけれど、あなた、宿泊先は』

「大丈夫だ。それに、宿泊施設に泊まるわけがないだろう。金を持っていないのだから。パトロールが他の時代に行く際には、高度なバリア機能を身体につけているから、外気温の変化には気をつけなくても平気なのだ」

『そうじゃなくて、眠くならない？』

「ならない。仕事だから」

『あなたぐらいの年頃なら、普通は夜更かしをして、翌日、顔にクマができるのを嫌がるものだと思ったから。友達に笑われちゃうわよ』

「私は……」

そんな経験など、ない。

友達がいなかったのだから。

無言でいると、霞は語り始めた。

それは確かに、とてつもなく長い話だった。


「整理のしようがないな」

それが聞き終えた私の正直な感想だった。

坂口霞は、代々、実家の千秋《ちあき》家に伝わる手鏡で、過去を見ることができる能力者である。

その鏡を利用した時、未来の自分からの忠告を受けて、霞はとある男性と結婚した。

そんなある日、彼女の勤めている書店の本店で、一人の少年に出会った。

それから数時間後、なぜか大地震が発生した。

「ちょっと待て」

『言いたい事はわかるけれど、素直に話を聞いたほうが理解が深まると思う』

「……わかった」

疑問を挟むのは、やめにした。

それからも、霞の話は続いた。

霞は地震の事を、鏡で、やはり別の時空にいた自分に報告した。

報告した先の霞は、何と自分の双子の弟と結婚していて、子供まで生まれていた。

子供の名は『保彦』。

そして、霞が書店で出会った少年の名も『保彦』。

『私が知っているのは、正直、これだけ』素直に霞は言った。『なぜ地震が起こったのかわからないけれど、「保彦」が存在していた未来では、地震など起こらなかったの。だから、恐らくそちらの歴史のほうが、正しかったのね』

「わけがわからない」

こちらも素直に、私は言った。

「それでなぜ、あなたは鏡の中に閉じ込められているのだ？」

何より、こんな話を未来に帰って上司に報告したところで、『ふざけるな』と言われるのはわかっていたので、私はもう一度霞に質問した。

「何がどうなっているのか、さっぱりわからない」

『保彦が鍵だと思うの』霞は告げた。『それにあの「本」……。あの本の事を鏡に聞いたから、厄介な事になったのね。だから、あの本も、やはり鍵だと思う』

「本？　タイトルは？　著者は誰だ？」

そう質問すると、霞はなぜか、すごく情けない顔になった。

『それよ』霞が、ホタルを指差した。『その二つさえわかれば……、こんな事にはならなかったのよ。きっと』

「つまり、あなたにはわからないのか？」

『冒頭の部分だけはわかるの。ちらっと読んだから。でも、それだけじゃあ』

「覚えている部分を教えてくれ。一度未来に帰って、検索してみる」

え、と霞は一瞬、言葉を失ったが、それでもぽつりぽつりと、覚えている部分……、たった一行だけの、書き出しの部分を口にした。

「ありがとう、それだけわかれば十分だ」

『たった一行だけで、どの本か特定できるの？』

「できる。少なくとも私の生きる未来なら」

へええ、と霞が感心した。

『未来って、便利になったのね』

「ああ」

と頷きつつ、私は今霞から聞いたたった一行だけの文章を、デバイスに保存した。

それが終わると、私は立ち上がった。

「さて、私は一度未来に帰るが、あなたは？　ここに放っておいてもいいのか？」

『私は、もう人じゃないから……』少しだけ寂しそうに、霞は言った。『あなたに出会えたのは、たぶん運命だったんでしょう。ええ、いいわよ。そこら辺に捨てちゃって』

「……」

本人がそう言っているのだから、遠慮する理由は何もないのだが、私は躊躇った。

躊躇いが生じる理由が、私にはわからなかった。

それでも、私は言った。

「あなたは、まだ、こうやって鏡の中で生きている」

『ええ』

「それなのに……あなたの声は、誰にも届かない？」

『ええ、誰にももう、私の声は届かない』

「なら、なぜ私には聞こえるのだ？」

『タイムパトロールさん、だからでしょ？』

「それだけでは……」

どうしようか、と迷った。

この鏡を、未来に持って帰るわけにはいかない。

そんな事は許されてはいない。

しかし、もし自分の時代ならば……、
彼女を、救えるのではないかと、思ってしまったのだ。

『ああ』

そんな私を見て、霞は優しい声で言った。

『ホタルさんは、優しいのね』

「……」

『いいのよ。私はもう、時の流れから解放されたのだから……。事実上、死んでいるようなものなのだから……』

言いかけた霞が、あ、と呟いて止まる。

「どうした？」

『……一つだけ気掛かりがあるの。私を哀れんでくれるのなら、私が、今から言う女の子の事を調べてくれない？　たぶん生きているとは思うけれど、消息を知りたいの』

「私がこの時代に持ち込んだデバイスでは、検索範囲の限りがあるが、それでいいなら」

『そう、えっとね』

霞は、その名前を口に出した。

『坂口穂足』。

霞が結婚した坂口清《きよし》の実妹であり、坂口霞にとっては、義妹に当たる。

検索を終えたホタルが、霞に向かって結果を言った。

「死んではいないな。これより数年後、とある会社の名簿にその名前がある。もっとも、同一人物かどうかまでは、このデバイスでは検索できないが」

『そう……』霞は安心したようだった。『やっぱり、そうなのね。あの子は……穂足は、やっぱり』

「何が、やっぱりなんだ？」

私と同じ発音を持つ『穂足』について、彼女の義姉である霞に質問した。

答えは驚くべきものだった。

『穂足には、私の姿が見えなかったの。そして、私の声も聞こえなかった。いえ、こうなる前、まだ生身だった頃の私が、あの子には見えなかったの』

ひょっとしたら、と霞は続けた。

坂口穂足の友達が書いた物語こそが、答えだったのかもしれないと。


未来に帰った私は、坂口霞から聞きだした、とある本の書き出しの部分を早速検索にかけてみた。

該当する書籍はなかった。

過去、数千年分のデータベースをすべて当たったが、そんな本はどこにもない、と答えが返ってきた。

しかし一つだけ……。

関連する項目が、一つだけあった。

その題名を見て、私は目を見張った。

それは、霞が語ったキーワードと、同一のものだったからだ。

そして、その著者も。

岡部蛍、という作家が書いた物語。

『リライト』。


『リライト』の情報を頭に流し込んだ私は、すぐさま二〇〇二年に存在する静岡駅周辺の大型のカラオケ店を探して、そこに飛んだ。

「まさか」

そんな事が、あるわけがない。

あんな方法で、過去を変えられるわけがない。

絶対に無理だ。

しかし、物語はあったのだ。

西暦二三一一年からやってきた、一人の少年。

ラベンダーの香り。

時を超える力。

「嘘だ……！」

そんな事が。

出現したのは、カラオケ店の通路だった。

ちょうど飲み物を運んでいた店員がいたので、洗脳装置でこの店で一番大きい部屋を教えてもらった。

今は四十名前後の、若い男女が使用中だという。

「……！」

嘘だ。

あれは、フィクションだ。

現実に起こるはずがない。

理屈としてわかっているのに、私は早足になっていた。

「そんな、馬鹿な事が……！」

ただ移動するだけなら、リープの力を使えばいい。時を超える力は、そのまま空間を超える力でもあるのだから。

知っていたはずなのに、この時の私は、そんな事すら忘れていた。

後から気づいたが、この時私は、すごく……凄まじく……焦っていたのだ。
「過去を変えるなんて、そんな……！」
本当のはずがない。
できるわけがない。
できたとしても、真っ先にタイムパトロールの目に留まるはずだ。
私以外の過去のタイムパトロールが、気づいて調査するはずだ。
それなのに……！　私の胸は、得体の知れない恐怖で埋め尽くされていた。
問題の部屋のドアの前まで来て、私は立ち止まってしまった。
身体が動かない。
部屋に、入れない。
ドアを開けたとして、その先に何があるのか？
本当に、このドアは室内に繋がっているのか。
わからない。
と、ドアノブが、かたりと音を立てて回った。
内側から、誰かが開けようとしているのだ。
離れるべきだった。
二〇〇二年の常識では、この時刻に中学生がカラオケ店にいてはいけない事は、わかっていたからだ。
それでも、身体が動かなかった。
まるで運命のように。
ドアが開き、漆黒の女性が現れた。
長い黒髪に、全身、真っ黒の衣装を着た、冷めた瞳の美女だった。
美女が、私を見る。
はっと目を見張る。
そして、
「ああ……」
と、陶酔にも似た声を漏らし、私を懐かしげに……
友達を見るような目で、私を見てきたのだ。
「『美雪』……」
その声を聞いて、私は、時の海に投げ出されたような気がした。

どこかから、ラベンダーの香りがした。

数秒、いや数十秒だったかもしれない。不思議な事に、この時の意識が私にはなかった。

ただ、呆然としていた。

そこは、静岡市中心部にある大型のカラオケ店。店員の掃除が行き届いていないのか、やけに埃っぽかったし、天井には安物のライトが頼りない光を発していて、薄暗かった。

こんな風に、その時のシチュエーションだけははっきりと覚えている。そして目の前の二十代前半と思われる美女を前にして、私はなぜか、固まってしまった。

彼女から、その名前で呼ばれたからだった。

美雪。

私たちの時代では、すでに『漢字』と呼ばれるものは消えているが、タイムパトロールである私は知識としてそれを知っていた。

いや、知っていたからこそ、変なのだ。

みゆき、という名前は、美幸や、美由紀、なども漢字で表される。

冬生まれ以外で、『雪』という漢字を名前に使う可能性は低いだろう。

そして、静岡県は、富士山周辺でもない限り雪が降らない地域に当たる。

こと静岡県生まれの女性の名前であるならば、それが冬生まれで、季節にちなんだ名を付けられたとしても、『雪』という漢字を使わない可能性のほうが高いのだ。

そこまでを前提としてわかっていたのに、私は目の前の、漆黒の美女が『みゆき』と言ったただけで、即座に脳内で『美雪』と変換してしまっていた。

美しい雪の事だと、直感した。

だからこそ、私は、時の海を連想した。

冬の雪は、夏は溶けて水になる。

それが、大量の水のイメージを喚び、流れる水が時の流れへと変わっていき、私は薄暗い水の中を漂っているような、そんな感覚を覚えていた。

だが、それも数秒の事。仕事を思い出した私は、さっと空中に手を伸ばそうとしたが、漆黒の女性にそれを止められた。

「待って、ホタル。何を出すのかはわからないけれど、私に何かをすると、あなたは、今から過去の世界においてあなた自身がパラドックスする事になるわよ」

「貴様……」

私は、警戒態勢になった。

すでに、後ろ手に銃（拳銃ではないのだが、私の時代の人を殺傷できる武器）を携えていた。

タイムパトロールの仕事には、当然、戦時中……、第一、第二次大戦の事ではなく、それ以前のもっと原始的な時代で、戦争を繰り返していた時間への介入もありうる。

したがって我々パトロールは、必要最低限の格闘術と、武器の携帯を許可されていた。携帯を許されている事と、実際に使用する事とはまた別の事なのだが、今は仕方がない。

目の前の女は、なぜか私の名前を知っている。

そして私……、少なくとも外見年齢十四歳の、制服姿の女子を目にしても、驚いていない。

これは、威嚇する理由としては十分だと判断した。

右手に持っていた銃を、漆黒の女に向ける。

女は無表情だった。

「お前の名前は？」

「……」

反応しなかった。

これが銃だとわかるように、脅しをかけているとわかるように、横の壁を撃ってやろうかと思ったその時、女から返答があった。

「いえ、名乗らないつもりではないの」

「では、名乗れ」

「名乗ってもいいんだけど、仕事上、名前が複数あって、どれを名乗ったらいいのか、ちょっと迷っていて」

「本名に決まっているだろう！」

「本名を名乗ると、これからあなたが遭遇する事態において、いちいち説明するのがややこしくなるから、本名以外で何とかしようと思っているのよ」

「……？」

私は、奇妙な感覚を覚えた。

目の前の女は、敵意を持っていないのだ。

それがありありとわかる。

なぜか自分にはそう感じられる。

とりあえず、と前置きしてから、女は語り始めた。


……折角だから、酒井君の手法を真似させてもらうわね。彼は今、本当に『リライト』が成立したと勘違いして、中で転がってるけれど、大丈夫。『リライト』なんて起こらなかったから。

いえ、違うわね。

起こらないようにする事を、これから過去の私と、未来のあなたで演じるのよ。

まず、ホタル。事情があって、『今』私がここで名乗る事はできない。

名乗ってもいいけれど、それだと逆に『過去の私』が、わけがわからなくなるから、私のためにも、私は名乗らないほうがいいのよ。そう、だって私は、私の事を謎の女だとしか思っていなかったのだから。

……そう、本当よ。今、やっとすべてがわかった。

あなたの姿を見て、やっとすべての因果がつながったと理解できたのよ。

ホタル、銃は下げて。私はあなたの味方だから。

私の言う通りにしないと、かなりまずい事になるから。あなたが。

まず……この本、高峰文子《たかみねふみこ》著の『時を翔る少女』だけど、これをこうして……、これくらいでいいわね。前後を破って、と。

この『前後が破かれていて、著者もタイトルもわからない「時を翔る少女」』を、この紙に書いてある住所のところに置いて来て。時代は二三一一年よ。

それからあなたは一九九二年の夏、私たちの中学の旧校舎に行く事になるんだけど……、

この時は、混乱しないでね。

あなたは、一九九二年の夏に行った時点で、とあるパラドックスに巻き込まれて、一九九二年から二〇〇二年の、この十年間の間だけしか行き来できなくなる。そう、未来に帰れなくなるの。

だけど心配しないで。過去の私が、あなたを救うために動く事になるから……。

私と、ホタル、あなたと、それからあの子……、もう一人のホタルとでね。

え、坂口？

そう、坂口穂足よ。

いえ、私は霞さんには会った事はないわ。向こうも私の事なんて知らないでしょう。

そうか、どこが始まりだったのか私にもわからなかったけれど、別のところが始まりだったんだ。いくら考えてもわからないはずだわ。

話が逸れたわね。一九九二年の夏、あなたは、かなり驚くと思う。過去の私と『彼』の会話を聞いてね。

それから、同じ一九九二年の、七月二十一日深夜、……この時は空を飛んでいるけど、あなたが持っている技術なら簡単にわかると思うから、『私』を見つけ出して、そこから『彼』のDNAをもらいなさい。一応言っておくけれど、それ以外に『彼』のDNAを取得する方法はないわよ。理由はわかっているわね？　彼はあなたたちと同じ……いえ、七〇〇年近く違うのか。それでも、同種のバリア装置を使っているから。もう未来に帰れなくなったあなたでは、『私』からもらう以外に方法はないわ。

そして次は一九九七年の冬……、そこであなたは。

そこで女は、口をつぐんだ。

「いえ……」

悲しげな様子だった。

「結末は、言わないでおきましょう」

そう言うと、女は私を無視して歩き出した。

「おい……」

私の横をすり抜けようとする女に、手を伸ばした。

しかしその手を、女に払われる。

「最後に、言っておくわね。美雪」

「私はそんな名前では……！」

「卒業アルバムは、私がちゃんと回収するから、心配しないで」

「……？」

なぜか、理由はわからない。

この時も私は動けなかった。

女は、結局名乗らないまま、私に前後を破った本を渡し、静かに店を出て行った。

その後、私は指示されたとおりに二三一一年に飛び、女に渡された紙に書いてあった住所にある何かの倉庫のような場所に、その本を置いてきた。

そして、ホタルが去ってからわずかに十秒後、『彼』がその本を手にし、四人の女性が四季を巡る事になる。

## 2『時を書ける少女　1』

最後の一文字を書き終えると、思わず言葉に出してしまった。

「……できた！」

私は自分でも信じられないような、ちょっとした奇跡に出会ったような気がして、ワープロの前で固まっていた。

時は二〇〇〇年。ミレニアムの年だ。

季節は夏。

借りているマンションの部屋にはクーラーなどなかったので、私は窓を全開にしていた。

その窓から、初夏の風が吹いてきて、白いカーテンが舞い、いかにも夏休みの雰囲気が漂っていた。

そう、夏休み。

正確には、八年前の一九九二年。その夏の一幕。

信じられないような初夏の物語を小説にした『時を翔る少女』が完成したのだった。

「いや……」

いやいや、ちょっと待て。私は自分で自分にストップをかけた。

これは、小説ではない。

実際に起こった出来事である、私の記憶を、ただちょっと小説風にしただけだ。

しかし、それにしたところで変だった。

変というか、何というか。

書けてしまう自分に違和感を覚えたのだ。

「ん……、でも、別に変な感じじゃないよね」

私は、スクロールさせて文章を確かめた後、おもむろに立ち上がって、本棚から一冊の小説を抜き出して読み始めた。

ストーリーを追うのではなく、ただ自分の書いた文章と比較するだけだったので、ぱらぱらと拾い読みをして、本を棚に戻し、二冊目を手に取った。

「ああ、そうか」

何が変だったのか、自分でもわかった。

何となれば、私の本棚には、『小説』がこの二冊しかなかったからだ。

私は別に、小説……を含む本があまり好きではないのだ。

大学生なので、講義に使う教科書や参考書は置いてあるけれど、それらの『本』と、『小説』は媒体としては一緒だが、別物だろう。

作家ごとに文体の違いはあるし、なかには奇抜な文体でもって綴る作家もいるだろうが、それにしたところで。

「私……ほかに文章なんて書いた事がなかったのに……」

書けてしまった事が、我ながら解せなかったのである。

例えばスポーツだったら、ここまで違和感を覚えなかったかもしれない。

一度も野球をやった事はないけれど野球のルールだけは知っている人が、生まれて初めてバッターボックスに立った試合でホームランを連発したとしても、それは単にその人がそれまで野球に縁がなかっただけであって、本当はプロ並みの才能があった、というだけの事なのだから。

しかし、小説は違う。

才能が必要な事はもとより、読んだ経験がなければ書けるものではない。

例えば未来人の保彦は、字が書けなかった。

どれだけ練習しても、『手書き』という習慣自体がなかったあの転校生は、恐らく手にペンを持って使う、という作業を一度もやった事がないゆえに、どうしても字が書けなかった。

その経験がなかったからだ。

それなのに私は書けてしまったのだ。

「小説を二冊程度読んだくらいで、書けるものなのかしら？」

書く事と読む事に相関関係があるわけではない事は、国語が得意ではない私にも、わかるし、理解できる。

小説が書けない人は、どれだけ本を読んでも……経験をつんだとしても、書けないだろう。

では読書経験がほぼなくても、書けるものなのだろうか？

「と言ったところで、書けたものは書けちゃったんだよねえ」

この台詞を例えば編集者が見ると変に感じるというのはわかったが、それでもそう言うしかない。

書けたから、書けた。

記憶を文章にする事と、それをわかりやすく他人に伝える事は別。という私の認識が、どうしても自分がやり終えた事と、繋がってくれないのだ。

「ま、小説を書くなんて、趣味の一つなんだから……」

気にするほどの事でもない。

さて、そろそろお昼だ。素麺《そうめん》でも茹でようかな。そう思っていた矢先、『理由』が音となって、私の部屋に鳴り響いた。

「いえ、わかっています。本当に大丈夫、何とかするから、お母さん」

結局その日、私は昼食を食べ損ねた。

突如、実家の母から、これから先の運命……などと大げさに書く必要はないだろう。単に私が大学四年の夏までに就職が決まっていないその現況を、説教されたのだ。

がみがみとお説教が続く中、私は、そっと手を伸ばして菓子パンを食べようとした。

さすがに、二時を過ぎても叱咤が続くとなれば、お腹のほうが黙っていない。

しかし、それすら母に止められた。

『あんた、今、パンか何か食べようとしているでしょう』

なぜ気づくのだ。

母は超能力者か何かか。

『電話中にパンを食べるなんて、そんなはしたない娘に育てた覚えはありません！』

「だってお昼に電話がかかってきてから、何も食べてないんだもん！　お母さんだってそうでしょう?」

『私は食べてから電話しました』

「じゃあ最初に私に昼食を食べたかどうか聞いてよ」

『食べてたら、あんた、説教を真面目に聞かないでしょう』

何という事だ。空腹を餌にして、私を電話の前に固定させていたのか。

しかし、やがて母も大声を出すのが疲れてきたのか、まとめに入った。

『とにかく、大学までは出すけれど、その後はあんたが自分で何とかしてもらわないと困ります。実家に帰ってきても追い出しますからね。それが嫌なら就職するか結婚しなさい』

「二十二で結婚なんて、そんな……」

そう、私は人生の岐路に立たされていたのだ。

大学四年の夏に、まだ内定が決まっていない。

これは、状況がほぼ絶望的であることを意味する。

進路は、考えられる中で、ほぼ三つ。

フリーター。

結婚。

大学院に進む。

『大学院に進む』には今以上の学費がかかる。奨学金をかりるという手もあるが、審査が必要な上に、奨学金はいつか返さなければならない。さらに、流れで大学まで来た私だが、これ以上の向学の念はない。従って、現実的に考えれば、残り二つの道を選ぶしかなかった。

そうだったのだ。

なんで小説なんか書き出したのか、今更に、自分の中に理由を見出した。

逃避していたのだ。

八年前に思いをはせる事で、就職難と不況、という現実から目を逸らしていたのだ。

小説をろくに読んだ事もない私が書けたのは、それが理由だったのかもしれない。

そう気づいた私だが、それで母の説教……ここまで来るともはやそれは愚痴というものに近かったが……が、止まる理由にならなかった。

『あんた一人なら、どうにかなると思ってたけれど、甘かったのよ。いや、正確にはあんたじゃなくて、雪子がね。大学に行きたいって言い出してるし、長女のあんたを大学に入れた以上、雪子は駄目っていうのは、あの子が可哀想でしょう』

「それはわかってるよ。わかってるから私も、がんばって国公立の大学に入ったんじゃない」

『ああ、本当に何でこんな事になるのかしら』

母が、ため息を漏らしている姿が目に浮かんだ。

『計算では何とかなるはずだったのよ。娘二人を大学まで行かせても……。それが、通帳を開いてみたら、あるはずだと思っていた金額がない。お父さんに確かめても、使い込んだというわけでもない』

さすがに、私も真剣な声になった。

「その、大丈夫なの？」

『娘に心配されるほどの事ではありません。就職が決まっていないあんたに心配されたところで、まずあんた自身が身を固めるか、会社に就職しろ、という話でしょう。だから電話しているのに』

「だから、それはわかってるから……」

なぜなのだろうか。

私には『働きたい』という欲求が、我ながら信じられないほどにない。

人間は、働かなければ食べていけない。

超大金持ちの子供にでも生まれなければ、働くのが普通。

そんな当たり前の事実は、当然わきまえているのだけど、理屈よりも感情のほうが先にたってしまう。

就職活動をしなかったというわけではない。普通にエントリーシートと履歴書を用意し、スーツを買い、化粧をして、就職活動のマニュアル本を買って、面接室の待合室で、掌に人という文字を三回書いて、何度も何度も落ちては応募し、応募しては落ちたのだ。

一度、理由を聞いてみた事がある。

採用の通知は、封書で来るのだが、その時は受けたのが大学の生協の面接だったので、後日、生協の人に、自分が落ちた理由を聞いてみた。

理由は、自分でも納得できないものだった。

生協のおじさんは言った。

『君は……何ていうのかな。真面目なのは、わかる。学歴も申し分ない。実際に面接してみて、どこか落ち度があるってわけじゃないんだが……』

生協のおじさんは、不思議そうに私の顔を見て言った。

『どこか、落ち着きすぎてるんだよ。新卒の人は、どこかしら浮ついて……、そうでなければがちがちに緊張しすぎているんだが、君は、そういうところが一切ない。だから、雇うのはやめようという結論に、なんとなくなるんだよ』

面接において、落ち着いている事が、なぜ採用されない結果に繋がるのか。

働いた事のない私には、どうしても納得できなかったので、さらに問いただした。

『要はね、転職慣れしているように映るんだ。面接官から見ると特にね。転職をくり返しているという事は、それだけ、前の仕事を解雇されるか、自主退職する理由があるという事で、雇うのはちょっと……と、なるんだな。君には気の毒だけど、仕方がないよ。今のご時勢では』

私は働いた事がないのだから、転職をくり返した事はない。

しかし、言われて見れば確かに、私は面接において、上がったり慌てたりした記憶がない。

自分でも、不思議なほど、落ち着いて面接を受けられた。

よもや、掌に人の字を書いた効果ではないだろう。

本当に……『なぜ他の人は、落ち着かない気分になるんだろう？』と、自問するほど、私は面接において平静だった。

ごくごく普通に質問を受け、無難にそれに回答した。

まさかそれが逆効果になっていたとは、心外にもほどがある。

そう、それだ。

生協のおじさんからこの話を聞いて、

『だったら、どうすればいいのか？』

と、思い悩んだ。

いくら何でも、就職の面接に来て『自分は今、がちがちに緊張しています』という演技をするわけにもいくまい。それでは本末転倒だ。

それで諦めた。

それで逃げた。

だから、小説を書き出したのだ。

『とにかくね。無職だけは困るの。就職が無理なら、どんなバイトでもいいから、お金を手に入れる方法を見つけなさい。何でもいいから』

「それは、わかっているし、本当に何とかするから……」

私は、本心からそう言った。

このまま無職になる気などないし、実家で養ってもらうつもりも毛頭ない。

だが現実として、職がないのだ。

その時の出来事は、運命だったのだろう。

「あ……」

窓から入ってきた薫風で、机の上に置いてあったパンフレットが落ちた。

どこでもらったものなのか、覚えていなかった。たぶん、駅前でもらったとか、本屋のフリーペーパーを、暇つぶし目的でもらってきたとか、そういう運命の結果、私の部屋にあるものだった。

それが落ちて、あるページを開いた。

さらに風でページがめくれ、止まったところに、小説の新人賞の公募記事があった。

「――――」

私は一瞬、言葉を失った。

『美雪？　聞いているの？』

母の声が、遠かった。

目が、記事に引きつけられた。

思わずワープロを見る。

そこには、書きたての処女作があった。

『美雪？』

「あ、うん」一瞬の後、意識が戻ってきた。「あの、お母さん。やりたい職業を思いついたから、今すぐ履歴書を書くね」

母は疑っている様子だ。

『本当に？　ただ電話を切りたいだけじゃないの？』

「本当だって」

『何の職業？』

「えっと、まだ、秘密」

秘密にしたのは、受かるかどうかわからなかったからだが、私が『その職業をやりたい』と言い出しても、母は反対する事が、容易に想像できたのだ。

先行きが不透明な職業だから。

でも、本が好きな妹は、たぶん喜ぶと思うので、妹にだけは教えてあげようと思った。

とりあえず、母との通話を終えた私は、その記事をしっかりと読み、電話をかけた。

かけた先は出版社。

ほどなくして、通話が繋がった。

『はい、R社でございます』

「あ、あの、御社で募集している新人賞について、少し質問があるのですが」

「はじめまして、高峰さん。R社の編集者の相良《さがら》と申します」

「はあ……」

あの夏の日から数ヵ月後、季節は秋から冬に移ろうとしている十一月。

私は、静岡駅の隣にあるホテルのラウンジで、その人と会っていた。

「あの」

相手から名刺をもらい、事情を聞こうと思ったその前に、相良という女性編集者は、私に向かって尋ねてきた。

「高峰さんは、お煙草は吸われますか？」

「え？　い、いえ、吸いませんけれど」

「そう、よかった」相良は、本当に安心している様子だった。「作家の先生は吸われる方が多いので、禁煙の場所で打ち合わせをすると、途端に機嫌が悪くなる方もいらっしゃるんですよ」

そうなのだ、私とその編集者が入ったラウンジでは、喫煙席が満員だったので、禁煙席に座ったのだ。

作家に喫煙者が多いというのも、何となくイメージでわかった。ストレスで吸うのだろう。

しかし、私は作家ではない。

正確に言うと、とある新人賞の最終選考までは残ったのだけれど、私の『時を翔る少女』は、その最終で落ちてしまった。

デビューは、できなかったのだ。

その旨を、R社の編集長から電話で聞いていたのだが、その数日後、同じR社の編集者から、電話がかかってきた。

『一度直接お話をさせていただけませんか』

『はい、高峰さんは、わが社の新人賞には落選しました。これは、賞とはまったく関係のない事です』

『はい、賞とは関係ありませんが、出版の仕事です。個人的に、私が執筆を依頼をしたいのです』

そう電話口で言われ、場所と時間を指定して、今日のこの席となったのだが。

「あの」

私は萎縮していた。

相良の意図が、見えなかったからだ。

「私が応募したあの新人賞は、落選したんですよね？　それなのに、R社の人が、なぜ……」

「いえいえ、これはよくある事なのです」

相良は、コーヒーを一口飲んだあと、説明を始めた。

「混乱しないように、普通のケース……わが社の新人賞を受賞した場合をご説明しておきますと、まず受賞者の方に東京までお越しいただきます。そして、社内で打ち合わせ……、ええ、編集者や編集長のタイプによってはそのあとお酒なり食事なりになる場合も多いですね。そして見事受賞作を出版したら、受賞のパーティーに来ていただきます。はい、お披露目というわけです。パーティーでは、受賞者は事実上、名刺の交換会となります。パーティーにはいろんな人が来ますよ。出版社の人間はもとより、選考委員の作家の先生方も来ますし、過去の受賞作家の方々、新聞社の方も来ますし、書店員さんも来ます。それに……、古い習慣なのでしょうね。銀座のホステスの方も来ますよ。はい、先生方の席は煙でモクモクですよ。作家のパーティーでは、絶対に喫煙可なんです。禁煙にしたら来ない、という先生のほうが多いですからね」

「はあ」

私は、曖昧に返事をした。

受賞者の場合はわかったが、そうならなかった私にそれを説明して、どうなるというのだ。

「で、重要なのはここから先なのですが……、実は、新人賞を受賞してデビューした人も、自費出版でデビューした人も、ここから先は同じなのです。つまり、実力主義ですね。出した本がおもしろかったら、評価される。うちで書いてほしいと、次々に依頼が来る。逆にどれだけ権威のある賞を受賞しても、出した本がおもしろくなければそれまでです。依頼は来ません。これが、毎年新人作家がデビューしては消える、からくりなんです。口さがない人は、『あいつはコネで書かせてもらっている』などと言いますが、そんなものはこの世界では通用しません。コネじゃなく、編集者が、その作家の他の作品を読んでみたい、と思うから、編集が作家に会いに来るのです」

「私は作家じゃありませんけど」

「ですから、作家になりませんか？　というお誘いなのです」

「え……」

思ってもみなかったことを言われ、私は動揺して、頼んだコーヒーのスプーンを落としかけた。

相良がバッグから、R社のロゴが入った封筒を取り出し、中から印刷された紙の束をテーブルに置いた。

それは、私が書いた『時を翔る少女』のプリントアウトだった。

「拝読させていただきました。惜しくも受賞には至りませんでしたが、実にユニークな発想の元に描かれた、傑作だと思います」

「そんな……」

私は、ようやく事態を理解した。

「つまりこれ、スカウトなんですか？」

「違います」相良は慌てて言いなおした。「意味的にはスカウトなのですが、少なくとも我々編集者は、『これ』をスカウトとは言いません。日常的に行っている事なので」

相良によくよく聞いてみると、編集者的にはこれが普通らしい。

編集者は、当然ながら書籍を編集する。

担当する作家は、決まっている時もあれば、決まっていない時もある。

一つの出版社で、例えばAという編集者が、Bという作家を担当する、と決めた時は、もう同じ出版社では、他の編集者がBの担当をしたいと思っても、Aが譲るか異動しない限り、担当は変わらない。

逆に言えば、誰も担当が決まっていない作家なら、依頼したいと思った編集者が会いに来て、作品を出しませんか、となる。

相良は、こう語った。

「公募新人賞に応募してデビューするというのは、それが一番の近道であるという事でしかないのです。編集者が原稿を読んで、出してみたい、世に出して価値を問うてみたい、と思ったら、勝手に……、というのは言い過ぎですが、少なくとも自由に、作家に会いに来てもいいのです」

「でもそれは、相良さんの一存で、出版するという事ではないのでしょう?」

「もちろんです。編集長の許可がいります。ですが、公募新人賞の受賞作というのは、あの審査員の先生方が認めた、という『お墨付き』という意味でしかないのです。受賞作が『おもしろい』のだとね。編集者が、個人的に『おもしろい』と思えば、会社の許可さえ取れれば出してみませんか?　となるのが、出版界の常識なのです」

ですから、何かの賞を受賞していなくても、売れている作家の方はいますよ、と言われ、私は目からうろこが落ちる思いがした。

知らなかった。

受賞しなければ、デビューできないものと思っていたのだ。

こういう道と方法があったのだ。

つまり、編集者にしてみれば、相手が公募新人賞の受賞者だろうが、落選者であろうが、関係ないという事なのだ。

「私が、作家として、デビューできるって事ですか？」

「はい、そういう事です」

大きく頷いた相良を見て、私は心の中でガッツポーズをした。

心の底から『作家になりたい』と思っていたわけではない。働く意欲がないのは、相変わらずだ。

それでも、本を出版できれば、収入がある。

もちろん、最初から、それも賞を取っていない無名の作家が、無条件で売れるなどとは思っていないし、そんなに甘い世界だとも思わなかったが、やはり嬉しかった。

そう思うと、自然と緊張も解けてきた。ようやくコーヒーの味がわかるようになってくる。

「よかった。ご理解いただけたようですね」安心した様子で相良が言う。「では、これからは、私が高峰さんの担当編集者という事になりますので、仕事の上で、幾分、厳しい事を言うかもしれませんが、よろしくお願いします」

「あ、はい。こちらこそよろしくお願いします」

こちらは右も左もわからない初心者であるから、相良のこの言葉は、私にとっては本当に嬉しかった。

編集作業に入る前に、相良から、ごく基本的な事を教えられた。

名刺を数百枚、ペンネームと電話番号入りで用意する事。

作品は、基本的にメールでやり取りする事。

赤ペンとメモ帳の類を用意する事。

今はまだいいが、売れてくるようになれば、FAXを用意したほうがいい事。

いくつかのやりとりの後、私は、気になっていた事を相良に質問した。

「相良さんは私の事を、『高峰』と呼びますよね？　それは、私がペンネームとしてその名前を用意したから当然なんですが、それは、もうずっとそのままなんですか？」

「本名を使わない、という意味でしたら、その通りです。自宅に郵送するものがある場合、宅配業者が勘違いをする場合がありますので、その場合に限り、本名を使わせていただきます。それ以外、例えばこうして打ち合わせをする際に、作家さんを本名で呼ぶ編集者はいません」

「いいえ、そうではなくてですね」

私は説明した。

『高峰文子』というペンネームは、中学時代の親友だった女性が使っていたペンネームである事を。

まさか本当にデビューする事になるとは思わなかったので、適当な名前を使ってしまったのだ。

相良は、こう返してきた。

「検索してみましたが『高峰文子』というペンネームの作家は、存在しません。ですので、別に気にする事ではありませんよ」

なるほど、よかった。著作権的に問題があるのではないかと、心配していたのだ。

これで本当に心のつっかえが取れたので、私は胸をなでおろした。そんな私を見て、相良が少しだけフレンドリーに話しかけてきた。

「やはり、緊張してましたか？」

「もちろん」私は、疲れた声でそう返した。「編集者さんに会って話をするなんて、生まれて初めての事なんですから」

「そんなに堅くならなくてもいいですよ。……言っていませんでしたが、私たち、同い年なんですから」

「えっ!?」

私は驚いてしまった。デビューできる、という事を知ったときより、驚いたかもしれない。

　だって、相良はちゃんとスーツを着こなしていたのは当たり前だが、大人っぽいショートヘアといい、どこからどう見ても立派な社会人のそれだったからだ。

「だって、私、大学生、ですよ？　……あ、相良さんはひょっとして飛び級で」

「違いますよ」笑って、相良は否定した。「そうじゃなくて、私は高卒でR社に入社したんです。ですから、今年で社会人四年目なんです」

「あ、そういう……」

　納得した。と同時に、何となく、奇妙な気分になった。

　ちゃんと大学まで行った自分が就職できなくて、高卒で就職した相良が、こうしてちゃんと社会人をしているのだ。

（まあ……、人によって、人生が違うなんて、当たり前だけどね）

　そう強く思ったのは、ちらりと見えた相良の左手薬指に、指輪が嵌っていたからだった。

　単なるアクセサリーではないだろう。お洒落として指輪をする人はいるが、だとしてもその位置は選ばないはずだ。

　相良と同じく高卒で働いている美雪の友人のOLには、ナンパや不要な見合いよけに、偽装用の指輪を持っている人間がいるが、相良の場合に限っては違う。彼女は、私が女性だと最初から知っていたからである。

つまり、相良は結婚しているのだ。

プライベートな事なので、わざわざ『結婚しているのですか？』とは聞かなかったが、まず間違いないだろう。

同い年の女性なのに、一人は暇な大学生で、一人はもう既に社会人で、結婚までしている。

何をどうすれば、ここまで人生が変わるのだろうか、と私は思った。

「では……、同い年の相良さん、よろしくお願いします」

そう言って、私はテーブルの上に載っていた『時を翔る少女』に手を伸ばした。

その私を見て、相良が不思議そうな顔になる。

私は『時を翔る少女』を手に、相良に質問した。

「編集作業って、やった事がないんですが、やはり、ここを直せとか、削れとか、そういうのですよね？」

質問の答えが、返ってこなかった。

そこで相良を見ると、私を訝《いぶか》しげな目で見ている。

はて、と思ったのだが、ややあって、相良がぽんと手を叩いた。

「あ、いえ、すみません。どうも根本的なところを誤解させてしまったようで」

「はい？」

「いえ、違うんです。この『時を翔る少女』を出版させてほしい、という事ではないのです。高峰さんに、この作品とは別に、新しくもう一作、書いていただいて、それがおもしろければ、わが社から出してみたい、という話でして」

「え……」

ずしん、と心が沈んだ。

それじゃ……、
それでは無理だ。

この『時を翔る少女』しか、私には、ないのだ。

だって、この作品は、
この物語は。

相良が、やけに嬉しそうな声で話を続ける。

「大丈夫ですよ。これだけユニークな設定を思いつけるのであれば、必ず他の作品も書けるはずですから」

いや、無理だ。

その物語は、私が生み出したものではないのだから。

軽く絶望している私に気がつかないのか、相良はバッグから別の本を取り出してきていた。

「今日、伺ったのは、新作の執筆を依頼する事と、もう一つ、わが社の本ではないのですが、この小説を、新作の参考になるのではないかと、紹介するためでして」

そう言って、相良は一冊の単行本をテーブルに置いた。

「……」

私は興味がなかったが、それでも相良の手前、その本に手を伸ばした。

カバーには、私が通っていた中学の制服に似ているセーラー服を着た、女子中学生が描かれていた。

さらに少女の後ろに、誰か、いる。

その、後ろ姿……。

「――」

声が、出なかった。

「T社さんから出ている、岡部蛍という作家さんの『リライト』という本です。読んでいただければわかりますが、実は高峰さんの『時を翔る少女』と、内容が……」

相良の声が、届かなかった。

それほどに、ショックを受けていた。

なぜ、そこにいるのだ？

保彦。

『私』は知らなかった。

『私』は『リライト』の著者と、ちょうど八年前に出会っていたのだった。


『じゃ、とにかく小説家としてデビューできる事になったのね』

「お母さん」私は疲れた声で言った。「ちゃんと話を聞いてた？　応募した作品じゃなくて、新作を書いたら、という話なのよ」

『だから、できるんでしょう？』

「だから……」

いや、説明はできない。

なぜなら、あの物語は。

あの、過去は。

私一人のものなのだ。

あれが現実であったなどとは、とても、とても、説明できない。

第一、現実的にも、母は『時を翔る少女』を読んでいないのだから。

だから私は、言葉を濁すしかなかった。

「まあ、一応やってはみるけれど」

『わかったわ。発売日が決まったら教えてね。十冊ほど買って近所に配るから』

「それ、絶対にやらないでね」

もう一度、母に念を押してから、通話を切った。

さて、と私は、相良からもらった、今は自室のテーブルの上に置いてある『リライト』を、睨むようにして、その場に立ち尽くした。

もちろん、読んだ。

相良と別れた後、大急ぎでマンションに戻り、三時間かけて読了し、軽くパニックになったが、その直後に母が今日の首尾を知るために電話をかけてきたので、何とか落ち着きを取り戻す事ができた。

「……」

恐る恐る、『リライト』に手を伸ばした。

ページをめくり、プロローグにあたる部分を読んでみる。

そこには『私』がいた。

私――大槻《おおつき》美雪が、一九九二年の彼との約束を守るべく、携帯電話を用意するシーンから、その物語は始まるのだ。

一九九二年の私が、その携帯電話を取りに来るから。

だが、『私』は来なかった。

来なかったからこそ、その物語が始まりを迎えるのだ。

そして、驚愕の結末を迎える。

『私』だけではなかった。

クラスメイト全員が、未来から来た転校生との夏をすごし、本を探す約束を結び、夏祭りや書店巡りの日々を送り、旧校舎で始まりと終わりを迎えた。

そして――、その過去が『書き換え《リライト》』られるところで、物語は終わる。

私は頭を抱えた。

これは何だ？

なぜ、こんな事になっている？

なぜ、この本は私の現在の通りになっていて、私の過去の通りにもなっていて、しかもその上で私と……。

「友恵と、……あの夏、友恵と話をしたシーンが……」

ある、という事は。

「私か、友恵……」

しか、書けないのだ。

この時を書けないのだ。

しかし、私は書いてない。

ならば、友恵しかいないではないか。

かつて私の親友だった、あの夏に道を違《たが》えてしまった、雨宮友恵しか。

すぐに中学時代のアルバムを取り出し、最後の卒業者一覧の箇所で、友恵の家の電話番号を探し、かけようと思ったが、その途中で気づいた。

「駄目だ……確か友恵の家は中学三年の時に引っ越した……!」

という事は、中学卒業時のアルバムに載っている電話番号も住所も役に立たない。

また、自分と友恵は、あの夏以降、仲違いをしてしまったので、雨宮の家がどこに引っ越したのか、友恵はどの高校に行ったのか、それすらわからなかった。

正直、どうすればいいのか、わからなかった。

自分たちの行った中学校が、そのままの形で描かれていて、
自分たちのとった行動が、ありのままの姿で描写されていて、
自分たちの名前が、実名のまま掲載されていて、
自分たちの過去が、自分たちの知っているままではない事を、指摘されている。

「それに……この物語が本当なら」

保彦が、真に記憶を残したかったのは、ただ一人。

最初の一人である、私のみ……。

確かに私は、物語の通り、あの別れの日に空中で保彦と口付けを交わした。

「そん、な……」

恋ではなかった、と、大人になりかけている今ならば、はっきり言える。

私こと大槻美雪は、恋心を抱いていたから、あの日々を過ごしたのではない。

唐突にやってきた転校生が……、すごく格好よくて、新鮮で、しかもあの運命の日、どこからともなく彼が現れたものだから……。

本探しに付き合ったに、過ぎない。

男女交際ではなくて、単に風変わりな友達として、付き合っていた。

これは、確かだ。

だが、その過去が……。

混乱の最中にあって、唐突に電話が鳴り響いたので、驚いた。

急いで時刻を確認すると、もう夜の十一時を回っていた。

『リライト』の作中に出てくるような携帯電話など、私は持っていなかったので、誰が電話をかけてきたのか、わからなかった。

家族が連絡してくる時刻ではないし、仮に家族だとしても、先ほどまで母と話していたのだから、何か言うべき事があればその時に言ったはずだ。

自分の友達かも知れないが、それにしたところで電話を掛けてくる時刻ではない。

何か緊急の知らせなのかとも思い、私は恐る恐るその電話に出た。

「……はい、もしもし、大槻ですが」

『あ、高峰さんですか、夜分に申しわけありません。R社の相良と申します。大変お世話になっております』

予想に反して、楽しそうな担当編集者の声だったので、私は力が抜けてしまった。よろよろと椅子を引っ張ってきて、腰掛けてから返事をした。

「……相良さん、でしたか」はあ、と息をついた。「よかった。こんな時刻だったから、何か身内の事故か病気かと」

『あ、この時刻に電話は、迷惑ですか?』

戸惑ったような、相良の声だった。

「いえ、迷惑ではありませんし、私もまだ寝る時刻ではありませんが、この時間帯にかけてくる知り合いがいないもので」

『わかりました。では、この時刻には電話をかけないようにします』

おや、殊勝だ、と思ったら、そもそもこれが出版界では常識だったらしい。

『いえ、悪いのは私のほうなのです。出版社は残業が当たり前で、ほぼ毎日終電で帰りますので、時間の感覚が狂っているのです。また、作家さんも夜のほうが仕事が捗るという夜型の方が多いので、ついつい、普通に考えたら迷惑な時間にかけてしまう事があるのです』

「そうでしたか」

『ですが、普通に昼間、仕事するという作家さんもおりますので、そうした場合にはごくごく普通の時刻にかけるようにしています。……高峰さんの場合も、やはりそうですか？ この時刻に電話での打ち合わせは』

「……連絡だけなら構いませんけれど、長時間の打ち合わせは、ちょっと」

これは正直なところを言った。あと一時間ほどで、いつも就寝するくらいの時間だからだ。

『了解しました。では、今日のところはこの確認だけで』

「あ、待ってください」私は、慌てて相良を引き止めた。「あの、いただいた『リライト』、つい先ほど読み上げたのですが……」

『あ、どうでしたか？』相良の声は弾んでいた。『おもしろいでしょう』

「おもしろ……」

いや、おもしろくは、ない。

なぜならあの記憶と物語は、現実のものだったからだ。

それをそのまま……、クラスメイトの名前までそっくりそのまま、というのは。

詳しくは知らないが、何かの権利に抵触するのではないだろうか？

すばやく、私は計算した。

何も知らないであろう、相良に向かって、どう説明すればいいか。

まずは名前だろうと判断して、その事を相良に言う。

「あの、相良さん。この作品を私に薦めたのは……、主人公の名前が同じだから、ですか？」

『え？』

相良の反応は予想外だった。彼女は純粋に驚いていたのだ。

『……ああ、確かに同じですね。ですが、別に驚くようなものではないのでは？　失礼ながら高峰さんの本名にしたところで、特に珍しいものではないのですし』

「それは、そうですが……」

でも、ほかも全て、同じなのだ。

例えば、中学校。

「あの、実は言ってなかったのですが、私、この物語に出てくる岡部町の出身なんです」

『ほう、奇遇ですね』

「で、岡部町に中学校は一つしかなくて……、岡部中学しかないんですよね」

『それが、どうかしましたか？』

「でも、作中ではN中学というイニシャルになってるんですよ」

『当然でしょう』

「……?」

なぜ?　という気持ちが涌いた。

実在する学校なのだ。

それなのに、その名前を変えているのは。

しかし、相良は冷静に、ごくごく常識的に反論した。

『実在する中学校名をそのまま使うわけがないでしょう。作者がどういうつもりでそこを舞台にしたのか、またその中学を使う事にしたのかはわかりませんが、調べてみて中学が一つしかない、という事ならば、イニシャルにしてもそのままは出しませんし、仮に作家がそう書いたところで編集者のチェックが入って、変えることになるはずです。当然ですね。名前をそのまま使うのなら、許可がいるのですから』

「そ」

それは、そうなのだが。

だから私も『時を翔る少女』の中で、『そのまま』の名前は使わなかった。

私は、別の方面から攻めてみる事にした。

「では、相良さんがこの本を薦めたのは、内容が同じだからですか?　田舎の中学校に転校生がやって来て、その転校生が実は未来から来た人で……という」

『まあ、おおまかに言えばそうですね。設定が少しだけ似ているので、読んでもらう事で別のインスピレーションが涌くかもしれないと思って、お渡ししました』

「それが、『時を翔る少女』を出せない理由ですか？」

『――どういうことでしょう？』

「内容が似ているから、という」

これは、私の過去は関係ない。純粋にそう思った。

似ているも何も、そっくりそのまま同じなのである。

既に『リライト』という作品が出版されている以上、後発で私が似た内容の『時を翔る少女』を出せば、批判されるのは私のほうだろう。これだけは、まだ作家ではない私でもわかる。

だが、相良は『何を言っているのですか？』という反応だった。

『似てませんよ。全然違いますよ？　高峰さんのほうは恋愛と青春がメインで、「リライト」はSFと……少しホラーが入っていますかね。ジャンルが全然違います』

「そうではなくて」

もどかしくなる。

言えないのだ。

あの過去が、現実だったとは、どうしても言えないのだ。

「もし仮に……『リライト』で出てきたクラスメイトが実在していて……」

そう、実在していたのだ。

「仮に……、作者が岡部出身で、私と似た経験をしていて……」

友恵と私は、親友だったのだ。

「同じ経験をしていて、その経験を元に、書いたのが……」

友恵と私しか、知らないはずの記憶……。

現実だったのだ。

だから――――。

しかし、担当編集であるところの相良は、くすくすと笑い始めていた。

「……相良さん？」

『し、失礼。……高峰さん。やはり、あなた、作家に向いていますよ。すごい妄想ですもの』

「も」

妄想……？

現実ではない……？

だって、

私は『時を翔る少女』を、書いたのだ。

もととなる記憶があったのだ。

『落ち着いてください。高峰さん』相良の声は、まだ笑っていた。『「リライト」を読んで、興奮したんですね。わかります。私も読んでいる間は興奮しましたから』

「いや、あの、そうじゃなくて」

『ですから、高峰さん。落ち着いてください。ちゃんと「リライト」を読みましたか?』

「ええ」

読んだ。

だからこそ、私は……。

しかし、次の相良の台詞こそが、圧倒的な現実だった。

『未来から転校生がやって来る物語が、現実にあるわけがないでしょう?』

「――」

何も言えなかった。

相良の言うとおりだったから。

翌朝、思いついた。

布団の中で、まだ眠気に包まれながら、そうだ、と思った。

他のクラスメイト……例えば、委員長だった桜井唯に話してみよう、と考えたのだ。

そして同時に、ある事に気がついた。

昨夜、相良が電話をかけてくる前に……、

『「リライト」の作中に出てくるような携帯電話など、私は持っていなかったので、誰が電話をかけてきたのか、わからなかったのだ』

「……？」

私は、持っていない。

持っていないのに、なぜ、『携帯電話』が、かけてくる相手の名前を表示する事を、知っていた？

「……なんで」

しかし、疑問は朝の眠気に負けて、消えてしまった。

桜井の実家に電話をかけ、彼女の母親に『中学の同級生です』と名乗り、信用を得てから話をしたところ、私は、桜井唯が二年前に殺されていた事を知った。

「えっ……」

絶句してしまった。

『リライト』の中でも、桜井は殺されていたのだ。

焼香しに来ていただけますか、と桜井の親から頼まれたので、では明日、伺わせていただきますと返事をして、電話を切った。

「どういうこと……？」

やはり現実なのだ。

『リライト』の通りになっているではないか。

怖くなってきて、テーブルの上に出しっぱなしになっていたその本を、本棚に隠すようにしてしまった後の事だった。

相良から電話がかかってきた。今度は、ちゃんと昼間での電話だった。

『大変お世話になっております。高峰さん。R社の相良ですが』

「あ、はい」

『打ち合わせから一週間経ったので、進捗はいかがかなと思いまして、ご連絡しました。プロットはどうですか？　まとまりましたか？』

既に、相良から聞いていたのだが、作家と編集の打ち合わせとは、まずプロットをやり取りする事から始めるらしい。

最初の打ち合わせの日、相良は言った。

『プロットとは、要するに物語の全容を把握できるあらすじのようなもの、と考えてください。どんな書き方でもいいです。登場人物を書く方や、箇条書きでこうなってこうなって、こう終わると説明する方、もしくはフローチャートを作って説明する方、作家の皆様は、それぞれ独自の方法でプロットを作ります。ですから、高峰さんも、わかりやすいと思われる書き方でプロットを作り、メールで送ってください』

そう言われて、一応は作家を目指すべく、『時を翔る少女』以外の物語を考えてみたのだが。

「すいません、まだ全然、何も思いつかなくて……」

できるだけすまなそうな声を作って謝ると、相良は特に気にしていない様子で言った。

『まあ、あまり焦ってもいいプロットはできませんからね。どうでしょう。私、明日あたり予定が空いていますので、また静岡で打ち合わせでもしますか？』

なるほど、だから今日、電話してきたのだ、と思った。

しかし、断った。

明日は、桜井の実家に弔問をしなければならないからだった。

その旨を相良に伝えると、なぜか相良の声が細くなった。

『……明日、ですか？　中学の同級生の家に？』

「はい、知ったからには、お線香の一つでも、と思ったので」

『……』

相良は、沈黙してしまった。

何も話さない。

「相良さん？」

『……』

「あの？」

『……いえ』かなり長い沈黙の後、相良はこう返事をした。『わかりました。そういう事なら仕方がありません。また別の機会にしましょう』

「はい。申しわけありません」

『いえいえ、では、いいプロットを待っています』

通話が切れた。

その三時間後、簡単に昼食を済ませ、洗濯物を畳んでいた時の事だった。

桜井の実家から、もう一度電話がかかってきた。

「はい、もしもし、大槻ですが、何でしょうか」

桜井の父親が、急な用事が入ってしまったので、明日一日は家にいない、焼香はまた後日にしてほしいという内容だった。

「え？　ええ、はい、それは構いませんが……」

もちろん、構わなかったのだが、せっかく弔問に行くのだからと、黒い服を用意して、洗濯を終えたばかりだったのだが。

仕方がない。私は用意した黒服を、洋服ダンスの中にしまい始めた。

その時、使った柔軟剤の所為《せい》だろうか。普段、嗅いだ事のない匂いが漂った。

「これは」

記憶の片隅に覚えのある匂いだった。

脳の奥の、さらにその奥にある匂い……。

「……？」

頭を、軽く抱えた。

何だろう……？

頭の中に、何か、変なイメージがあった。

ふと、手元を見る。

黒い衣服だった。

当然だろう。弔問に行くのだから、白衣を着るわけにはいかない。

黒い服が……。

そう、あの黒い服の……。

……？

あの、とは何だ？

この匂い、は……？

あの時の。

「……ラベンダー？」

# 3『時を欠ける少女　1』

坂口穂足は、一九九一年秋、中学一年生の時、兄である坂口清が教師として地元の穂足が通っている中学に赴任する事が決定したので、悩まされる事になった。

厳密にルールとして決まっているわけではないが、直接の担任でなくても、兄妹が同じ学校にいるのは贔屓したとかしないとかで、いろいろとまずいらしく、清の赴任が決まった時点で、穂足は転校を親に希望した。

両親共に元教師だったので、すぐに理由を察して、了承してくれた。

そこで、実家のある静岡県興津から通える範囲で、穂足の転入先を探したのだが、中々見つからず、やっと受け入れてくれたのは、静岡でも郡部に属する岡部中学校だけだった。

無理をすれば実家から通えない事もなかったのだが、穂足は、後述するとある理由があって、家を出たがった。

と言うのは、穂足が家を出るのと同時に、ある人が坂口家に来る事が決定していたからだった。

別段『その人』の事が嫌いだったわけではない。

むしろ受け答えだけならば、穂足はその人に好感を抱いていた。

しかし、実生活で接するとなると、文字通りの意味で『話にならない』人なので、これは自分のほうが身を引いて、家を出たほうがスムーズに事が運ぶだろう、と考えての行動だった。

だが穂足はまだ中学生なので、一人暮らしをさせるわけにもいかず、どこか、岡部町で穂足を寄宿させてくれる家を探したのだが……。

それが、雨宮家だったのは、偶然だったのか、それとも運命だったのか……。

穂足は、岡部町でも比較的裕福な家である、雨宮家に居候することになった。

坂口家と雨宮家に親戚関係はない。単純に、穂足の事情を知った雨宮家の人々が、「もう一人くらい、娘が増えても困らない」という事で引き受けてくれたのだ。

そして、雨宮家には、穂足と同年代の子供が一人いた。

それが雨宮友恵である。

最初、穂足は自分と同い年のこの少女に対して、いい印象を抱かなかった。

友恵は、どこの学校でもクラスに一人はいるような、陰湿で、暗い印象を与える眼鏡をかけた少女だった。

読書が趣味らしく、彼女の部屋には入った事がないが、たくさんの蔵書があるらしい事を、彼女の家族から聞かされて知っていた。

穂足は、自分の境遇を、ちゃんとわきまえていた。

自分は雨宮家で「預かってもらっている」身分の人間であり、ならば、その家の子供である友恵にも、自分の印象や好き嫌いは関係なく、まして同い年なのだから、積極的にこちらから交流しなければならないと知っていたし、わかっていた。

わかってはいたが、やはり、まだ子供。中学一年生で十三歳である。友恵に対して『暗そうな子だな』と印象を持つのは、仕方のないことだった。

やがて、予定通り穂足は岡部町にある岡部中学校に編入する事になる。

学校のほうが気遣ってくれたのか、穂足は友恵と同じクラスになり、席も程近かった。

しかし、友恵と穂足は、穂足が編入した時点で、親しかったわけでも、友達だったわけでもない。同じ家で暮らしていたのだから、双方、紹介は済んでいたし、二言三言、言葉を交わす事もあった。しかしそれは、一方的に友恵から穂足に対しての、『お風呂、沸いたって』とか、『ご飯だよ』という、生活するにあたって必要最低限のやり取りだったため、本当に、この時点では二人は友人でもなんでもなかった。

関係が変わったのは、穂足が雨宮の家に来てから、半年後ぐらいだった。

元来、穂足は気が長いほうではなく、むしろ言いたい事は、相手が誰であれその場で言ってしまうタイプだった。それが、岡部町にやって来て、借りた猫のように大人しくなっていたのは、ここは本来、人様の家なのだから、大人しくしなければならない、という両親共に元教師だった親の躾によるものだった。

それとは関係なく、穂足は岡部町に来てからというもの、性格が多少、変わった。

これは、誰にも話せない、彼女の義姉に関する事が原因だった。

口数も少なくなったので、自然とこの転校生に対し、クラスの皆もあまり気を使わなくなった。有体に言えば、女子としては大柄な部類に入る穂足には、やはり友恵と同様、友達ができなかったのである。

そうすると、不思議な事に、友恵のほうが穂足に興味を持ってきた。

話しかけられる事が多くなり、今までは同じ家に暮らしながら別々に登校していた朝も、一緒に出かけるようになった。

そうこうしてから、しばらくの事。穂足は気づいた。

穂足だったからこそ、気づいた。

この、とある事情で、家を出なければならなくなった穂足だからこそ、友恵の聡明さに気づいたのである。

そう、友恵は、頭がよかったのだ。

暗かったのではない。早熟だったのだ。

特に、発想がかなり飛躍していた。

友恵とよく話すようになって、穂足は、友恵の話が突飛でありながら、ちゃんと根拠と証拠を交えて、矛盾が出ないようにしている事に、気がついた。

この年齢で、できる事ではない。

妄想や夢を語る事はできても、ちゃんとそれを論理立てて展開する事など、それはいわば、プロの小説家の技だった。

だから、穂足は友恵に、『この話』をしてみたくなった。穂足が家を出る理由となった、その事情を。

本当に、最初は単純に、興味だったのである。

『この話』に、友恵はどう結論をつけるだろう。

友恵はどう展開させ、どう捻り、どう面白くし、どう決着をつけるだろう。

それは、とある秋の夜、友恵の部屋で、布団を並べた二人の少女の間で交わされた会話。

穂足の義姉の話だった。

「お義姉さん、がいたの？」友恵がそう聞いた。「知らなかった。お兄さんがいたのは知っているけれど。……あ」

友恵が、口を押さえた。

穂足の兄は、穂足とは仲が悪い、と雨宮家の人には説明していたのだった。本当の事情は語れないので、これは仕方の無い事だった。だからこそ友恵は穂足の前で兄の話をする事に躊躇いを覚えたのだった。

それくらい友恵は利発だったし、ちゃんと他人を思いやれる子供だったのだ。

それが、穂足にはよくわかったので、友恵に好感を持った。

もう電灯は消してあり、枕もとのランプの明かりだけの世界で、穂足は『気にしていない』と答えた。

「実は、違うんだ。私が実家を出る事になったのは、自分でも信じられないんだけど、SF……いえ、オカルトかな、そういう事情があったの。友恵」

「穂足」

既に、二人は名前で呼び合う仲になっていた。

友恵と穂足。

友恵にとって、初めてできた友人の名前が『ホタル』であった事。

それが後に、とある運命として作用するとは、幼い二人の少女たちには、想像もできない事だった。

「うん、お兄ちゃんが結婚してね。義理の姉ができたんだ。霞さんっていう、とても……綺麗な人だって、お兄ちゃんもうちの親も言ってたんだけど」

「……？」友恵が、目をぱちくりとさせた。「会った事がないの？」

「いや、会ってる」穂足が首を振った。「会ってるらしいんだけど、私には、その、霞義姉さんの姿が見えなかったし、声も聞こえなかった。ただし、霞義姉さんには、私の声も聞こえるし、姿も見えるらしいの」

「えっと、……どういう事？」

「最初から話したほうがいいかな」

そう言って、穂足は語りだした。

それは、過去と未来と、恐るべき現在の話だった。


穂足の兄である坂口清は、大学で教師の道を志しながら、地元興津にあるチェーンの書店の支店で、アルバイトをしていた。

後から穂足は知ったのだが、これには地元でも有名な富裕家である一条家からの口ぞえがあったらしい。つまり、坂口家の両親と一条家の夫妻が知り合いであったため、坂口家の息子である清に、書店でのバイトを勧めたのだ。これは、たぶんに読書家であった一条家の主《あるじ》の影響が大きく、後に兄、清は、一条家へ出入りするようになった。一条家の主人に、頼まれた新刊を届けるためだ。

そうこうしているうちに、清の勤める書店に新しくバイトの女性がやってきた。それが、後に穂足の義姉となる、旧姓、千秋霞である。

初めて霞を見た時から、兄は気に入っていたらしい。

兄は気軽に、家で霞の事を話していたため、穂足も霞の名前だけは知っていた。

知ってはいたが、兄の恋は実る事はないだろうと思っていた。

実の兄を貶《けな》すわけではないが、兄は、容姿こそ悪くはないものの、性格は真面目一本槍の男で、同性の友達は多くても、穂足の知る限り、女性と付き合った事は一度もなかったからだ。また、今は書店のバイトで、いつか兄の夢が叶ったとしても、それは中学校の教師である。純粋に、女性として見た場合、兄は決して悪い男ではないものの、魅力ある男性とは映らないと、妹である穂足は冷静に分析していた。

それが、唐突に恋が実った。

しかも女性のほうから兄に告白してきて、交際が始まったのである。

正直、穂足は信じられなかった。

兄の恋人である霞という女性が、美人局《つつもたせ》か何か、悪い事を企んでいるのではないか、と疑ったほどだった。

兄は真面目な男だったので、結婚が前提の交際なのだな、と穂足は思ったし、事実そうだった。つまりこの霞という女性は、本当に、将来兄との結婚を見越して交際している事になる。

それならば、交際が順調に続けば、その霞という女性が自分の義姉になるし、家族の一人にもなるのである。清は長男だったので、結婚するという事は、嫁をもらうという事だからだ。

ならば、自分にも無関係ではいられない。

穂足は霞を「お義姉さん」と呼ばなくてはならなくなるし、一緒に生活する事にもなる。

兄は結婚前に、霞という女性を親に紹介するだろう。

だが、妹である自分には、結婚の許可など取らないだろう。

穂足には、それが我慢ができなかった。

別に、兄の事を好きなのではない。兄を取られる、などと間違ってもそんな気持ちの悪い事は考えていない。

ただ、「家族」になるのなら、その女性の人となりを自分なりに確かめておきたいし、もし確認した結果、どうしても自分とは性格的に合わないとなれば、兄には悪いが、嫁とは距離を置こう。そう思っていた。

ここまで友恵に話した時点で、友恵から「穂足は私の事を早熟と言うけれど、穂足だってかなりのものだと思う」と、言われた。

そうかも知れない。

とにかく、穂足は、自分の知らないうちに、自分の周囲で、何事かが始まっていて、かつそれが自分があずかり知らぬうちに、終結したり、あらぬ方向へ拡散したり、収まってしまう事が恐かった。

そう、恐れたのだ。

誰かの思惑で何かが始まって、自分が否応なしにそれに巻き込まれ、結果として散々な目に遭う。

後に穂足が直面する大地震にしてもそうだが、穂足はそういう『恐れ』を『憎しみ』に転化し、立ち向かう事で生きる活力を得ようとする人間だった。

簡単に言えば、たくましかった。

それがどんなに大きく、どんなに困難な問題であっても、立ち向かおうとした。

だから、穂足は兄のバイトが休みなのを確認し、かつ問題の女性である「千秋霞」が書店で仕事中なのを確認した上で、その書店に赴いた。

ちゃんと「自分は、あなたと交際している、坂口清の妹の、坂口穂足です。兄があなたと結婚したら、あなたは私の家族になり、私は、あなたを『お義姉さん』と呼ばなくてはならなくなるので、仕事中にまことに失礼ですが、人となりを確認しに来ました」と言うつもりだった。

というか、実際に言った。

言ったが、文字通りの意味で、話にはならなかった。

穂足には、その千秋霞の姿が、見えなかったからである。

穂足には、書店に用事は何もなかった。つまり、書籍を買いたいわけではなかった。この状態で、私用を済ませるために、正面から書店へ入るわけにはいかなかった。それぐらいの事はわきまえていたし、両親からもそう躾けられていた。

そこで、あらかじめ書店に電話をした上で、店長に連絡を取り、「仕事中にすみませんが、兄が職場に忘れ物をしたと言っています。兄自身は用事があって行けないので、妹の私が取りに行っても構わないでしょうか」と、嘘をついていた。

しかし、行った先でどうするかは考えていなかった。

運よく「霞」という女性が休憩中であれば、書店の中で出会い、話をする事もできたろうが、それは完全に運任せだった。

穂足がもう少し大人であれば、もっと確実な手段を取ったかもしれない。

穂足がもう少しだけ大胆な性格であれば「霞」の住所を調べ、自宅に直接会いに行ったかもしれない。

しかし、この時の穂足は、職場で「霞」の仕事ぶりを見ることによって、その人となりを確かめるつもりだった。

結果的に見て、これは運命だった。

もし、第三者がいないところで「霞」に出会ったとしても、穂足にはどうしようもなかっただろう。

なぜなら、穂足には、霞の姿が見えず、声も聞こえなかったからだ。

何も知らないまま、穂足は書店に乗り込んだ。

そして店長に『兄は、千秋霞という人に、忘れ物を預けてあると言いました。ですので、直接、千秋霞という方に会わせていただけませんか』と言った。

店長としては別に疑う理由はない。バイトの清に妹がいる事は知っていたし、名前も知っていた。その清が、今日バイトのシフトが入っていない事を知っているのであれば、本当に穂足は清の妹なのだと判断した。

そして、霞を連れて来た。

らしい。

「千秋君。彼女が坂口君の妹の穂足さんだって。坂口君が、君に何か、預け物をしているらしいけれど、彼女にそれを渡してあげて」

店長が、『千秋霞』の横で言った。

何をしているのか、というのが、穂足の正直な感想だった。

確かに店長はドアを開け、何者かを招き入れる仕草をしたし、その前に確かに二人分の通路を歩いてくる足音も、聞いている。

しかし、店長が『千秋霞』だと言っている……、主張しているその空間に、穂足には何も見えなかった。

千秋霞は店長に、『いえ、私、坂口君からは何も預かっていません』と、言ったらしい。

これは、まあいい。この話自体が穂足のついた嘘であり、演技なのだから、何も知らない霞がこう答えるのは順当だった。

だが、それ以前の問題で、穂足には霞の姿も、声も、見えないし、聞こえなかった。

事情を何も知らない店長が、自分を騙す意味はない。

何もない一点を差して、まるでそこに誰かがいるように演技をする必要など、ない。

だから穂足は、ごくごく正直に、そう言った。

「何をやっているんですか？　早く千秋霞さんを連れてきて下さい」

そう言うと、店長のほうが怪訝な顔をした。

「君こそ何を言っているんだ？　だから、この人が千秋霞さんで、坂口君からは何も預かっていないと言っているんだが」

店長には感謝すべきなのだろうと、穂足は今では思っている。

この時、店長がいなかったら、本当にどうしようもできなかった。

さて、店長は当然ながら、穂足のほうを疑った。店長には、霞の姿が見えていたからである。

「ほら、ここにいるじゃないか。見えないなんて事があるわけがないだろう」

店長は、穂足の手を取って、霞の手に触らせたらしかった。

穂足は、驚いた。

そこに何もないのに、確かに人間の手の感触がしたのである。

そればかりか、生きた人間の体温を感じたし、霞からぎゅっと握り返してくれた。

「……？　え、え、あれ？　え？」

穂足のほうが、変という事になった。店長には見えていたから当然だ。

そこで、霞が機転を利かせてくれた。

紙とペンを持ってきて、その場で一方通行の筆談が始まったのだ。この時、霞が『もう大丈夫です』という事を言ったらしく、店長はその時点で店に出て行った。

二人きり……と言っても穂足には自分一人にしか見えないのだが、まず霞はペンで以下のような事を書いた。

『私が千秋霞です。穂足さん、私にはあなたの姿が見えるし、声も聞こえます。あなたは

O中学の制服を着ていて、身長が一六〇センチはありますね。だから、あなたは筆談する必要はありません。私に向かって話しかけてください。とりあえず、椅子に座りましょう』

「……」

穂足は、無言だった。

そのうちに椅子が独りでに動き出し、さ、どうぞと言わんばかりになったので、穂足は大人しく、それに掛けた。

状況についていけなくなったからだ。

それでも、後の穂足の説明で多少は明らかになった。

以下は、筆談と会話による奇妙なやり取りだ。

『まず、あなたは嘘をつきましたね。私は、坂口さんから何も預かってはいません』

「はい、嘘です。ですがなぜ、私にはあなたの姿が見えないのですか」

『落ち着いて、まず、どうしてあなたがそんな嘘をついたのか、教えてください』

「兄は本気であなたと結婚するつもりです。なので、私もあなたの人となりを知りたかったので、こうしました。これ自体は、謝ります。ごめんなさい」

と、穂足は素直に謝った。仕事の時間を奪った事だけは確かだったからだ。

その態度で、恐らく霞は穂足を気に入ったのだろう。

『あなたはいい子ですね。そういう事情なら、あなたが謝る必要はありません。なぜなら、私があなたのお兄さんと交際する気になったのは、私の特異な事情によるものだからです。また、今現在、あなたが私の存在を確認できないのも、恐らくその事情が関係していると思います』

「……？」

『長い話になりますので、今度の日曜日、私の家に来てください。事情を全て説明します』

「……それで、どうなったの？」

秋の夜、すでに午後十一時を回っていたが、友恵は穂足の話に引き込まれて、眠気など少しも覚えていないようだった。逆に、穂足はかなり眠かった。

「もちろん、日曜日にお義姉さんの家に行って、事情を全部聞いた……じゃなかった、書いてもらったよ」

ふああ、と穂足は欠伸《あくび》をした。

無理もない。中学一年の二人にとって、午後十一時はとっくにいつもの就寝時間を越えていた。

　しかし、友恵は先を気にして、穂足を急かした。

「事情って、何があったの？　どうして穂足にはその人の姿が見えなかったの」

「えっと、何か……何だっけ。鏡がどうとか」穂足は、また欠伸をした。「……ねえ、友恵。続きは明日でいい？　私、もう眠いよ」

「駄目、今話して」

「……おやすみ」

「穂足！」

　友恵は布団から手を出して、穂足の身体をゆすったが限界だった。穂足はそのまま眠りに落ちた。

　次の日の夜、友恵は万全の態勢で待っていた。水筒に思い切り濃いコーヒーを入れ、布団もかぶらず、穂足を待っていた。

「さあ、穂足、昨日の続きを話しなさい」

「そんなに準備万端にしないでも……どうせ今夜だけで終わる話じゃないんだし」

「話して」

「はいはい」

　穂足は、続きを語り始めた。

日曜日に、穂足は教えられた霞の住所を訪ねていった。そこは、興津でも海岸に近い場所にあるマンションだった。

チャイムを押して待っていると、『いらっしゃい』と出てきたのが、まだ若い男性だったので、穂足は驚いた。

やはり美人局か、などと一瞬連想したが違っていた。その男性がすぐにこう言ったからだ。

「霞から事情は聞いているよ。俺は霞の双子の弟で、邦彦《くにひこ》って言うんだ。両親はもういないから、二人でこの部屋に住んでいるんだよ。で、今日は君が訪ねてくる事を霞から聞いていて、君は霞の姿が見えないそうだから、出迎えは俺がする事になったんだ」

穂足が一瞬、臆したのも無理もないだろう。男性の言葉が真実かどうかはわからないし、仮に真実であったとしても、穂足には霞の姿が見えないのである。つまり、事実上、成人男性と二人きりになるのだ。

しかし、よく見ればこの邦彦という男性。男女の違いはあれど、顔立ちや雰囲気自体は兄が撮った写真で見た霞のそれによく似ていた。だから、信じてみようかと思った矢先、邦彦が靴を履き出した。

「じゃ、霞、後は頼んだよ」と、そう言ってから、穂足に向き直り、「何か、俺には聞かせたくない話だから、俺は外で時間をつぶしているよ。もうお茶は淹れてあるから、リビングのソファにどうぞ」

それだけ言い残すと、気軽な態度で邦彦は部屋を出て行った。

恐る恐る、穂足は部屋の中に入り、靴を脱いで揃え、指示されたリビングに向うと、四人掛けのソファに既にお茶が用意されており、対面の椅子の前に置かれたお茶が空中で上下に動いていた。

霞がここにいる事を、穂足に見せているのだろう、とすぐに気づいた。

『お邪魔します』と言ってから、穂足はソファに腰掛けた。テーブルにはメモ帳が置いてあり、こう書かれていた。

『私の姿が見えないという事は、あなたからするとこの部屋で事実上、邦彦と二人きりになる。それは気まずいだろうと思ったので、悪いけれど邦彦には外に出てもらいました』

穂足は感心した。

他人を気遣える人間でなければ、こういう事はできないと両親から教えられていたからだった。

これで霞への好感は少し上がったわけだが、しかし、それから続く霞の説明は、穂足の想像の範囲を超えていた。

まず、霞は千秋家に代々伝わる鏡によって、『過去』を見る事ができるのだという。

『言っても信じないでしょうから、事前にあなたの過去を見ておきました。穂足さん、あなたは三日前、自室で『○□』という本を読みましたね。二二七ページまで読んだところで、あなたは栞《しおり》を挟んで、本棚の上から二番目の棚の、右から四番目の場所に本を入れましたね』

穂足が驚愕していると、霞はなおも例を出してきた。

『一週間前、あなたは中学の数学のテストで、第八問だけどうしても解けなかったので、マークシートであるのをいい事に、鉛筆で転がして答えを決めましたね。さらに、同じ日の社会科のテストも、第六問だけ解けなかったので、その問題だけ答えを書かずに提出しましたね』

これには、穂足も霞の能力を信じざるを得なかった。どれも事実だからだ。そして、家の事なら兄に聞けばわかるが、学校での、それもテスト中の出来事が、霞にわかるはずがない。

本当に、千秋霞という女性は、『過去』が見えるのだ。

だが、それと自分の兄と交際する事と、何の関係があるのか。

『私は、こうして鏡で「過去」を見る事ができますが、さらに言えば「未来」の私から、「過去」の私……、つまり、今の私ですね。に、情報を送ることもできる、という事です。簡単に言ってしまうと、私から私へ、情報を送ることにより、本来は起こるはずだった事を起こらせなかったり、逆に起きなかったのに、起こしてしまったという事もあります』

「……？」

穂足は頭が悪いほうではなかった。

なかったがしかし、霞の説明は、理解を超えていた。

『別の時間軸の私が、邦彦との間に、子供を作ってしまった「未来」があったのです。私は、やはり別の時間軸の私からその事を聞いて、それは嫌だと思ったので、別の私からの忠告どおり、坂口さんと交際する事にしたのです』

「えっ……!?」

中学一年生の穂足だが、さすがに『近親相姦』が禁忌である事は知っていた。

「だから、私の兄と付き合ったと？」

『はい』

「でも……それと、私にあなたの姿が見えない事と、何の関係があるのですか？」

ペンは、しばらくの間、動かなかった。

ややあってから、ペンが動き始め、こんな事を告げた。

『ごめんなさい、私は、答えを知っているわけではないのです。ただ、私の知識と能力で、なぜ、あなたに私の姿が見えないのか考えてみると、この結論しか出ないのです』

「何でしょうか？」

『別の時間軸である「私」から聞いたのですが、「私」は本来「保彦」という邦彦との子供を産まなければいけない因果だったのです。ところが、あなたもご存知の通り、私は今現在、坂口さんと付き合っている。……時間的に考えて、今から私が邦彦と子作りをしたところで、別の「私」が言っていた時間までに「保彦」を産む事は、恐らく不可能でしょう。だから、あなたには私の姿が見えないのだと思います』

「……？　？　え？」

わけがわからなかった。

因果関係が、まったく繫がっていなかったからだ。

と、ここまで聞いていた友恵が突然話し出した。

「穂足、それって……」

「え？」

「成長した保彦君が、穂足と、未来において何らかの関わりがあるって事なんじゃないの？」

穂足は驚いた。

一応、霞から聞いた（書いてもらった）事を友恵に話しているだけであって、霞も穂足も、霞の姿が穂足に見えない事について、ちゃんと理解してはいなかったからである。

それが、他人である友恵に聞かせたら、一応の答えが出た。

「いや、無理だよね」友恵は言った。「年齢が違いすぎる……」

「友恵」穂足は戦慄していた。「何で、わかったの？」

「え、何が？」

「……霞さんの話には、続きがあるの」


『これは嫌な考えですが、「保彦」を産んだ未来が正解で、今の未来が間違っている、という事なのかもしれません。「保彦」を産んだ私が言うには、一九九二年の夏に、どこかはわかりませんが、静岡県内のどこかで、「保彦」が大勢存在していたそうです。それも、成長した姿で。中学二年生……ぐらいだと言っていました。もちろん、辻褄が合いません。保彦が一九九二年生まれだとすれば、十四歳ぐらいの姿になるのは、二〇〇六年のはずです。全然、時間が足りません』

霞の説明は、さらに続いた。

のちに坂口霞となる女性だからこそ、この説明ができた。

『……これは、本来、関係があるかどうかはわからないのですが、先日、いつも私が働いている店とは別の、静岡市内の書店で臨時に働いていた時に、一人の少年が、とある本を探してほしいと私に言ってきたのです。その時、私は、鏡を使って少年が探している本の在り処を調べました。しかし、鏡は答えてくれませんでした。その本は存在しなかったからです。……その少年の名は「保彦」と言うのだそうです』

これが、霞から穂足が聞き出した事のすべてである。

『この話』を聞き終えた友恵は、ぶつぶつと呟き始めた。

「大勢いる……、本を探している……。でも、その本はない……」

「友恵？」

「タイムリープ……でも、本がない……。紙の本なんて未来でもう存在していないはず……探しても、ない」

「友恵ったら」

「あ、ごめん」ようやく、友恵が顔を上げた。「おもしろい話だったよ」

そう言うと、友恵は布団をかぶって寝てしまった。

変なの、とは穂足も思ったが、話は終わったので穂足も就寝した。

翌日から、友恵は自室に引きこもってしまった。

学校には登校していたが、授業中もどこか上の空で、いつまでも、どこまでも、何事かを考えている様子だった。授業で問題を解くよう教師から言われても、立ち上がって『わかりません』と言うだけだった。

明らかに何か別の事を考えている。

別の事に熱中している。

家に帰ってきても、自分の部屋で、ずっと何かを考えている。

登校中も、考えている。

授業中も、給食の時間でも考えている。

下校中も、もちろん考えていた。

その度合いが過ぎたので、穂足は休み時間に友恵に注意をした。

「友恵、どうしたの？　ちゃんと授業を受けないと、まずいよ」

「うん……」

その時も、友恵は考え中だった。こちらの質問にろくに答えを返さない。

そうして一週間ぐらい経った後、いきなり友恵が、穂足に話しかけてきた。

「わかった」

「え、何が？」

「どうして『保彦君』が大勢出現したのか、わかった」

「……？」

いきなりなんなんだ、と穂足は思った。

クラスメイトに『保彦』という名前の生徒はいない。

考えて、自分の話したあの件か、と思い出した。

「霞さんの話？　ひょっとして友恵、今までずっとあの話のオチを考えていたの？」

「オチというか……こう解釈すれば、わからなくもない、という話なんだけど」

「どういう事？　教えて」

「……一言では、説明できないから。穂足にもよくわかるように、うちの学校を使って、説明してみるよ」

「うちの学校を使う？　……何をどうやって？」

「まだ、秘密」

翌日からも、やはり友恵は自分の部屋にこもりきりだった。

半年ほど過ぎ、既に友恵も穂足も二年生となった春の頃、友恵が学校から、大量の原稿を持ってきた。

「何、それ？」

家事の手伝いをしながら、穂足は友恵に聞いた。

「文芸部に入部して、部活のパソコンで書いて、印刷してきたの。本当は学校でやるつもりだったんだけど、先生から私用で部室を使うなって怒られちゃったから、うちでやる事にしたの」

「何を？」

「製本作業。あ、ちょうどいいから穂足も手伝って」

この時、ほかにやり残している家事がなかったので、穂足もその作業を手伝う事にした。

黙々と原稿を、ページ数の通りに重ねていった。

「ね、友恵」

「何？」

「友恵は将来、何になりたいの？」

「まだ、決めてないよ」

「私はね」

「夢は、語らないほうがいいよ。叶わなくなる」

「……友恵は、いつでもシビアだね」

「現実で生きていくのに、現実を見なくて、どうするの？」

「そうね」

実際、穂足が実家を出たのは、現実に自分は『霞義姉さん』と一緒に暮らせない事がわかっていたからだ。

こちらから一方的に、声も聞こえない、姿も見えない他人と一緒に生活ができるわけがない。

かといってそんな事情を兄や両親に話せるわけがないので、穂足は家を出たのだ。

「……実はね、東京に親戚がいるんだ」

「え？」

「親戚だから、そちらに行ってもよかったんだけど、お父さんとちょっと仲が悪い人でさ。電話したら、仮に私が天涯孤独の身にでもなったら、さすがに可哀想だからいいけど、そうでもないかぎり預かれないって言われちゃった」

「そんな酷い事を言う人のところへ、行く必要はないよ」

「でも、いつまでもこの家にいるわけにいかないしさ」

穂足は、知らなかった。

『霞義姉さん』と一緒に暮らせないと思ったので、穂足は実家を出たのだが、現実には『霞義姉さん』は結婚後、一時的に坂口家に住んだあとは夫婦でマンションを借り、実家を出て行った事を。

義妹となった穂足の事を、霞が事前に知り、霞のほうで気遣った結果なのだが、結果的に見ればこれが運命をむすぶ要因となった。

なので、実はこの時点で穂足は実家に帰ってもよかったのだが、何となく、穂足は家に帰る事を躊躇った。

この時、躊躇ったからこそ、穂足はこの先、とある運命に遭遇する事になるのだが、この時の彼女は、そんな事は微塵も想像していなかった。

話は、そこで、途切れてしまった。

だが、作業だけは二人とも続けて、夜になる頃には完成した。

「できた」

「だからこれ、何なの？」

「言ったじゃない。霞さんの話から、『こう解釈すれば、保彦君の行動は理解できなくもない』って事。うちの学校とクラスメイトを使って、それを再現してみたの」

そう言って、友恵から渡されたのは自作した本だった。

タイトルは『リライト』。

読んだ穂足の感想は、「いくらなんでも荒唐無稽すぎる」だった。


やがて、春が過ぎ、夏が来た。

一九九二年、七月一日。

その日、穂足にとって思いもかけない知らせが来た。

「このクラスに坂口穂足という生徒はいるかな」

クラスの皆は驚いた。

呼びに来たのが担任の細田先生ではなく、事務員だったからだ。

「はい、私です」

そう言って、穂足が教室の出入り口に近づくと、女性の事務員は事務室まで来るようにと穂足を促した。そこで穂足が事務室に赴くと、事務員から一枚の紙を渡された。

「学校にあなた宛のFAXが届いたの」

それを読んだ穂足は、驚愕した。

それは義姉からのもので、穂足にしか理解できないような内容だった。

『穂足、別の時間軸の私から、驚くべき事を伝えられたので、あなたにだけこっそり教えます。穂足、いいですか。一九九二年七月一日から二十一日までの、岡部中学校の二年四組。そこにだけは絶対にいないようにしなさい。そうでないと、あなたもあの運命に巻き込まれてしまう。仮病でも何でもいいから、絶対に今のクラスから逃れなさい』

「……？」

義姉が過去を見る事ができるのを、穂足は知っている。

知っているが、それにしたところで、意味がわからない文章だった。

穂足は、この時既に、親友の友恵が書いた『リライト』を読んでいた。

だが、だとしても気づかなかった。

気づけるわけがなかった。

そして、運命のようにその時学校の電話が鳴った。

それは雨宮家、友恵の母からの電話だった。

内容は、義姉である霞が、女の子を出産したという話だった。


混乱した穂足は、一旦クラスに戻り、穂足宛に届いた義姉のFAXの紙と、雨宮家からの電話の件を友恵に話した。しかし、友恵にも意味がわからないようだった。

「友恵、どういう意味だと思う？　七月一日から、二十一日まで？」

「え、まさ」

か、と言おうとした友恵の台詞が途中で止まった。

「友恵、どうした？」

この時、二人は教室の外で話をしていたのだが、友恵はある光景を見て、動きを止めた。

友恵が見ていたのは、廊下の先にいる担任の先生だった。

朝のHRが始まる前に、担任の先生が教室へ来ようとしている。これ自体は異常でもなんでもない。ごくごく普通の事だ。

しかし、先生の後ろにいる人物を見て、友恵は動きを止めたのだ。

そこで、友恵は咄嗟に判断した。

「穂足、行って」

「え、どこに？」

「その霞さんのところに行ってきて、事情を聞いてくるの。……早く！」

こうして穂足はこの日、運命から弾き飛ばされる事になった。

この時、実は、担任である細田先生とすれ違ったのだが、細田先生は穂足には何も言わなかった。

自分のクラスの生徒が、これからHRという時刻に教室とは反対方向へ駆けていくのに、何も言わなかった。

なぜなら、細田先生の後ろに、一人の転校生が歩いていたからである。

転校生は、もちろん、今、反対方向から走ってきた生徒が、これから自分が所属するクラスの一員だとは知らない。

細田先生は、その転校生によって暗示をかけられていたので、気づかなかった。

穂足が、校門に差し掛かった時。

既に、クラスではその転校生の紹介が始まっていた。

「園田保彦と言います。よろしく」

友恵の目が、信じられないものを見る目に変わっていた。


そして、その夏……『坂口霞』の未来となったその世界で、興津地区において地震が起こり、坂口清、及び穂足の両親が、死亡した事を穂足は知る。

# 4 『時を賭ける少女 1』

一九九二年、七月三日。

保彦の説明が、終わったところだった。

「……つまり僕は、本当は未来、二三一一年からやってきたんだよ。ある本を探しにね」

その演技を聞いた私は、ため息をついた。

まさか、穂足。

あなたの話は、すべて本当だった。

保彦の『相手』として、こんな地味な私が選ばれるはずがない。

だとしたら、私が予想した通りなのだ。

「で、友恵、だから、僕の本探しに協力してほしいんだ。もちろんただとは言わない」

本当に、想定したとおり……。

「未来グッズをあげるよ。何がいいかな？　指輪でもネックレスでも、何でもあるよ」

どうしたらいいのか、友恵は迷った。

『リライト』の通りにしてもいい。

しかし、穂足から聞いていた『霞の話』が本当に、本当なら……。

時間の因果律を乱すような事は、しないほうがいいのではないか、と友恵は考えた。

考えたからこそ、『リライト』を書いた。

友恵は、そういう性格だった。

まず最悪を想定し、その想定の通りにならないように行動する。

迷っていると、目の前の間抜けな未来人が、何を勘違いしたのか、友恵の手を取った。

「友恵？　僕の言った事、ちゃんと聞いていた？」

「……」

この時の友恵の心理をどう表せばいいか……。

霞の話が、本当だと友恵は仮定した。

その上で、齟齬をきたさないように、わざと齟齬を起こすような物語を、友恵は書いた。

読み終わった穂足からも指摘されたが、

『なぜ、友恵自身を主役にしなかったのか？』

もちろん、こうした物語において、単純に『自分』を主役にしたものは、自分から見ると、顔から火が出るほど恥ずかしいのでやりたくなかった、というのが、本当のところだ。

しかし、もっともっと純粋な理由を書けば、仮に酒井茂と保彦が行っているのが、自分の想定したとおりの理由と方法であれば、それには穴がありすぎるからだった。

二人は、『最悪』を想定していない。

作中で、友恵のように考え、友恵のように行動し、友恵のように振る舞う人間が、端《はな》からいないものとして想定している。

その考えが甘すぎるので、作中では『報い』として、酒井に苦しんでもらったのだ。

今も、そうだ。

許可なく友恵の手を取った、保彦の行動が頭にきた。

無条件で……自分は興味を引かれる対象に成り得ると想定しているから、保彦はこういう行動に出ている。

それが、友恵には『馬鹿にされている』以外の感想を持たせなかった。

(これは、違うな)

と友恵は思った。

(作中では、私は、この転校生に恋をする事になっていた……。しかし、それが現実になっても、恋心などちっとも芽生えないぞ)

既に友恵は冷めていたので、もう終わらせる事にした。

「あのね、園田君」

「はい、何がいい？」

「いや、そうじゃなくてね……」

友恵は、とりあえず自分の書いた『リライト』を取り出した。

「……？」

保彦は、当然戸惑った。

彼のシナリオには、これは含まれていなかったからである。

「それを読んで。時間ならいくらでもあるでしょう？　今から昨日に行ってもいいし、明日に行ってもいいんだから」

「いや、あの、友恵、僕はね」

「とにかくそれを読んで。話はそれから」

こうして保彦は、『リライト』を読み始めた。

そして、読んでいくうちに、顔が青ざめていった。

「……友恵」

「何かしら」

「少しだけ別の時間に行って、読んできてもいいかな？」

「どうぞ」

そこで保彦は、一度、時間を確認してから、例の紫色の薬を飲んだ。

ラベンダーの香りが漂い、保彦の姿が掻き消えた。

そして、友恵の想像通り、その一瞬後には、恐らく読了後の保彦が現れた。

「いや」

保彦が、首を振る。

「いやいやいやいや」

「……」

「友恵……、どうしてこれを君が」

「事情については、聞かないで。たぶん、あなたのあずかり知らぬところで起きた因果だと思うから」

「そんな」

保彦の手が、震えていた。

「そんな、馬鹿な」

「じゃあ、本当なのね？」友恵が聞く。『リライト』は、本当なのね？　本当に今、別の場所では、私たち二年四組の生徒が、別の時間のあなたから説明を受けているのね？」

「……」

沈黙は、この場においては、限りなく肯定に近かった。

そんな保彦の様子を確かめて、友恵は深々とため息をついた。

「何で、こんな、迂遠でややこしくて、それなのに成功率が限りなく低い方法をとるのかしら……」

『馬鹿みたい』と、友恵としては付け足したかったのだが、止めておいた。

一つの出来事で他人を見下し、その時の考えを口に出す事は、友恵にとっては最低の所業だったからだ。

だからこそ……『リライト』のラストを、ああいうものにした。

とある一つの悪意だけで、酒井と保彦がやっている事は、すべて泡沫のように崩れ去ってしまうと警告した。

まさか、本当に未来から転校生がやってくるとは、さすがの友恵でも思わなかったが。

そして、驚くべき事に、本当に自分が想定した方法を、実施するとは思わなかったが。

「自分で書いておいて何なんだけどね、園田君」

欠点を指摘しようとしたところ、保彦のほうが開き直ってしまったようで、強い口調で話し始めた。

「いや、僕は間違った事はしていない」保彦は何かを否定するように首を振った。「『作者』の特定ができない以上、クラスメイトで記憶の共有をしない限り、僕があの本……、タイトルもわからないから、仮に『時を翔る少女』とでもしておくけれど、『時を翔る少女』を発見する未来に繋がらない」

「仮に、とするなら、本当に仮に、未来での仮定を考えておくべきだと思うわよ？」

友恵にしてみれば当然の事を、保彦に言った。

「まず、『クラスメイトの誰かが、「時を翔る少女」を出版するその時まで、生きている保証はない』事。……これは、当然よね？　私は作中で桜井さんと長谷川さん、それに室井君に『死んで』もらったわ。別にこの三人にした事に他意はないわよ。事故、病気、殺人、それに天災、様々な原因によって『死んでしまう』可能性がないとは、絶対には言い切れない」

「……もちろん、それはそうだ」

渋々ながらも、保彦は認めた。

「しかし、だからと言って『記憶を残さない』理由にはならない」

「第二に、『十年後の未来に行く』保証はない事」

「それは、だから、僕が巧みに誘導して……」

「保証になってない」

はっきりと友恵は言い切った。

「第三に、『通信機器を持って帰る』保証もない事」

「……誰かが持って帰らないからと言って、僕が助からないわけじゃない」

「それでは、あなたの言う『時を翔る少女』の記憶と繋がらない。つまり、作者への記憶の埋め込みにならない」

　これを聞いて、保彦は悔しそうに黙った。

　その様子を見ても、友恵は何の感情も抱かずに、淡々と欠点の指摘を続けた。

「第四、……一番問題なのは、たぶんこれなんでしょうけれどね、だから私も作中で酒井君に言わせたんだけど。『薬をもらったからといって、それを絶対に、かつ、誰にも見られない場所で使う』保証はない事」

「……『助ける理由』を強化するために、僕は」

「付き合ったって事？　クラスメイトと？　私とも？　おあいにくさま。この時代の人間でも、そんなに単純にはできていないわ。断言してもいい。絶対に一人は『使わない』選択肢を選ぶ人間がいるはず」

「やってみなくてはわからない」

「そうね」

　友恵は頷いた。これだけは、単に可能性の問題なので、本当に、大真面目に、全員のクラスメイトがそうするかも知れない。

　いや無理だ。

　既に、友恵自身がこうして知ってしまっている以上、保彦の思惑通りには、絶対になららない。

「なら、こうしましょう」

友恵は提案をすることにした。

「二三一一年の、あなたの家の住所を私に教えて？　私が、生きている間に『時を翔る少女』が出版されているのを確認したら、それを薬の力でその住所に置いて来る。これなら、いいでしょう？」

「君たちが、生きている間に出版されるとは限らない」

「私たちが生きている間に出版されないのであれば、あなたがやっている事は丸々無駄になるわ。そうでしょう？」

保彦が、言葉に詰まった。

友恵の理屈のほうが説得力があると気づいたのだろう。

やがて、彼は一枚の紙をさし出した。想像だが、未来における名刺のようなものなのだろう。

しかし、

「……読めないんだけど」

「当たり前だよ。それは僕のいた未来……二三一一年当時に使われている文字なんだから。ちなみに、現代語訳はできないよ」

そういうと、保彦はもう一度胸を張った。

「ね？　だから、クラスの皆に『同じ記憶』を共有してもらうのが一番手っ取り早いんだよ」

「……」

どうしようか……友恵は悩んでいた。

いっその事、『今』の時点でクラスメイト全員に『リライト』を読ませてしまうのが、この茶番劇を早々に終わらせて、未来にトラブルの種を残さない最良の方法ではないのか、と友恵は思い始めていた。

いや、そこまで面倒な事をしなくてもいい。単純に『今ここで』、大声を上げるなり、窓を割るなりして、大騒ぎを起こせば……、他のクラスメイトも気づくかもしれない。そうなれば、さすがに保彦とて、事情をすべてクラスメイトに語る気になるかも知れない。

などと考えていると、保彦から、かなり真剣な声で、その考えを否定された。

「……一応、注意をしておくと、『今』この時点で、他のクラスメイトにカラクリをばらす、なんて事は考えないでくれよ？　本当に『今の時点で』、僕は複数、この旧校舎にいるんだから。『リライト』で描かれている、旧校舎崩壊の日が、今日になってしまう」

「過去のあなたと、今のあなたの出会いを防ぐために？」

「そうだ」

「私は、作中で防音効果があるという事にしたけれど……」

「実際には、教室ごとの範囲で、シールド……、いや、違うな。この時代の言葉で言うと、『結界』みたいなもので覆っている。だから、僕がそれを解除するまで出て行けないし、音も遮断するようになっ……？」

保彦が絶句した。

目を見開いたまま硬直して動かない。

その様子に気がついた友恵が問う。

「どうしたの？」

「……嘘だ」

「何が？」

「そんな事が、起こりうるわけが、ない……」

「『リライト』の事？　だからあれ、あなたとはまったく関係のないところから……」

しかし、違った。

保彦は友恵を見ていたのではなかった。

友恵は気づかなかった。

もはや、事情はこの時代だけで片がつく問題ではない事を。

保彦は、友恵の後ろにいた『私』を見ていたのだ。


「見つけたぞ……『――』」

こんなところにいた。

二三一一年に失踪した、私に運命を押しつけた男が、こんな場所にいるとは……。

一九九二年、夏。場所は静岡県岡部町にある中学校の旧校舎。

見つけたら、あとはもうその時の任務が何であれ関係がない。

その男を捕獲し、時を超える力の製造方法を聞き出すのが、タイムパトロールの使命だからだ。

古びた教室のような場所は古いシールド技術で守られていたようだが、西暦三〇〇〇年の技術をもってすれば、そんなもの、破るのはわけはない。

簡単にそのシールドを外し、教室内に降り立つ。

その場所には、『――』以外のほかに、もう一人、女子生徒がいたようだ。

偶然にも、今、私が着ている変装用の制服と、かなりデザインが似ているものを着ていた。

いや、そんな女子生徒などどうでもよかった。

何よりもまず、あの科学者を追わなければ。

薬を飲んで、時を超えた男を、私は追い始めた。


「……？」

友恵は事態についていけなかった。

振り返ってみると、確かに、保彦の説明とは矛盾する状況……すなわちこの場所にいるはずのない第三者が、まるで親の敵でも見つけたかのような表情で立っていた。

女子生徒だった。

しかし、着ている制服が変だった。

何というのだろう……制服というものを知らないデザイナーが、言葉だけで『制服』の説明を受けたら、こんな感じの少し違和感のあるデザインになるのではないか。そんな印象の制服だった。

「……まさか！」

保彦の怯えた声がして、彼はラベンダー色の薬を取り出した。

たちまち辺りにラベンダーの香りが漂った。

「逃がすか！」

驚いた事に、唐突にこの場に出現した少女もまた、ラベンダー色の薬を取り出し、口に含んだ。

そして、二人とも消えてしまった。

「……え？　え？　……え？」

一人、残された友恵が呆然としていると、今度は、先ほどの少女が目の前に現れた。

「──ちょっ！」

驚いた友恵はその場に尻餅をついてしまった。

「え、な、何？」

見上げると、制服の少女が、友恵を見下ろす格好で睨んでいた。

よく見ると、かなり可愛い顔立ちをしていた。

ただし、今はかなり不機嫌そうで、友恵をじろじろと観察していた。

「……逃げられた」

少女は一言だけそう言って、友恵に手を伸ばした。

「あ、ありが……」

自分のために手を差し出してくれたのだと、友恵は思った。

しかし、違った。

少女は、友恵の手を取るなり、後ろ手に回し、近くにあった古ぼけた机の脚に押しつけて、手錠のようなものを掛けてしまった。

書けてしまった。

欠けてしまった。

だからこそ、友恵は賭ける事になる。


逃げられた以上は仕方がない。

とりあえず、先程の時間と空間に戻って、『奴』と話をしていた人間から、情報を得るのが先だろうと判断し、私はすぐにその時間に戻った。

古い視力補助の器具をつけていたその少女は、私の出現に驚き、その場に倒れてしまった。

好都合だと思ったので、手を差し伸べる振りをして、彼女の手を取り、拘束した。

「——何なの！　あなた、一体誰？」

拘束した少女がわめき始めた。

そこで私は銃を取り出し、少女にも見えるように、わかりやすく首元に銃口を突きつけた。

「黙れ、殺すぞ」

「……それ、何？　銃？　拳銃？　見た事がないわよそんなの！」

「当たり前だ。これは私の時代の……」

言いかけて、私ことホタルははっと気づいた。

この銃は、この時代の人間には銃とは認識されない。この時代の武器とはデザインがまるで違うからだ。

（……？）

じゃあ、なぜ……？

なぜ、あの漆黒の女性は、これが武器だと知っていた？

「……？」

一瞬、私の頭に疑問が過ぎったが、拘束した少女の悲鳴と文句で、その疑問はどこかに行ってしまった。

「ちょっとあなた、一体誰よ！　その制服、うちの学校のやつじゃないでしょ！　無断でうちの学校の敷地に……、……ああ、ここは旧校舎だからそもそも生徒も入っちゃいけないんだけど」

「黙れ」

うるさいので、私は少女に向かって言った。

「今さっきお前が話していた『奴』が、この時代で名乗っている名前を教えろ。それと、お前と『奴』との関係。あと、話していた内容を言え」

「名前は園田保彦、一昨日来た転校生でクラスメイト！　話してたのは茶番劇を止めろと説得していたの！」

「……？」

転校生……という事は教育施設？

「なぜ、奴がこの時代で教育を受ける必要があるんだ？」

「それは彼がこの時代にボーイミーツガールしに来たバカだから！」

「はあ？」

この女、何でいきなり英語を使うのだ？

まあ、いい、と判断した。

とにかく、この時代に『奴』が使っていた名前と痕跡を手に入れた。

『奴』の捕獲は、パトロールにとって最重要命令なので、痕跡を少しでも見つけられたら、関連する情報を持って一度未来に帰らなければならない義務が発生する。

そこで、時間を確認した。

「『今』は、一九九二年、七月三日、午前八時十二分……」

ちらりと、少女を見る。

「おい、三秒ほど待っていろ。逃げるなよ」

薬を使い、私は未来へ飛んだ。


また、消えた。

あの変な少女が、一瞬で、いきなり消えた。

しかも、その少女が、またも一瞬で戻ってきた。

「な、何なの……!?　これ」

信じられないような顔をして。

「あなた、一体、誰よ!?」

「も……」

「……？」

「嘘だ……」

「な、何？　……なんで泣きそうな顔をしてるの？」

「戻れない」

「は？」

「西暦三〇〇〇年に、戻れない……！」

「……え？」

少女が、力をなくしたように、その場にぺたりと、へたり込んでしまった。黒いスカートがふわりと舞い、丸く円となって教室の床に広がる。

「……えっと」

「戻れない……！」

友恵は机に押しつけられ、手錠を掛けられた状態で、呆然としていた。

ホタルは、自らの時代に戻れないことを知り、涙ぐんでいた。

これが、二人の出会いだった。

# 5『時を駆ける少女　2』

いくつかの偶然が重なって、私は一九九二年の夏に、少しだけ滞在する事になった。

いや、偶然だったのだろうか。

後から考えると、すべては時の女神の采配としか思えない。

西暦三〇〇〇年でも、『神』という概念、いや『嘘』を信じているのか、と笑われそうだが、どうぞ笑うがいい。人類は、キリストが誕生してから三〇〇〇年かけても、神の不在を証明できなかったのだから。

ひとまず、拘束を解いた少女に、私は感謝すべきなのだろう。彼女を拘束までしたのに、銃をつきつけたのに、彼女は私に敵意を向けなかったのだから。

「私の名前は、雨宮友恵。あなたは？」

「……ホタル」

私は、泣きじゃくりながら、それだけは答えた。

なぜだ。

わけがわからない。

帰らなくてはならないのに、帰れないのだ。

「そう、ホタルね。あなたもホタルなのか……」

「……？」

「いいえ、気にしないで。ね、ホタル。あなた、西暦三〇〇〇年って事は、保彦君より先の未来から来たのよね？」

「……『保彦』というのが、先程までいた『奴』の事であれば、その通りだ」

「だったら、クラスの皆に暗示をかけて、私がクラスにいなくても、不自然に思わないようにできる？」

「人数による……」

「約四十人」

「……それならば、一瞬で可能だ」

「わかった」

しっかりと頷いた上で、友恵は私の肩に手をつき、目を覗き込んだ。

「……どうも、事態は私が想定していたよりも、かなり厄介な事になってるみたいだから、私は『作者』として責任を取るわ」

「何の事だ？」

「とりあえず、聞いて。今、私の家には、あなたとそっくりの格好をした女子生徒が、居候……は言い過ぎだけど、とにかく、顔さえ隠せば、あなたを私の家に連れて行って、泊めても不自然に思われない状況になるの。いえ、わかっている。これは、クラスの皆と同じように暗示をかけてもらえばいいのだけれど、さすがに、自分の家族にそれをやられるのが嫌なだけなの。だから、これはボランティアじゃない。善意じゃないの。私の、利己的な思惑からする事だから、あなたは感謝しなくてもいい。その代わり、食事と寝床を用意するし、お風呂を使わせてあげるから、あなたは私に事情を話して？　いい、これは取引よ」

「……了解した」

「じゃあ、あなたは二年四組……漢字はわかる？　そう、じゃあ四組の皆に暗示をかけてきて。私は保健室に行って、マスクと包帯をもらってくる。少しでも顔を隠せるようにね。私の家族には、あなたが怪我をして早退した事にするから。それから、あなたは私の家族から名前を……」

　そこまで言って、友恵は話を止めてしまった。

「……どうした？」

「いえ、名前は、そうか、別に偽る必要はないのか。同じだものね」

「……？」

「気にしないで」

そう言うと、友恵は教室から出て行った。

私は周辺の状況をデバイスでサーチして、友恵が言っていた『二年四組』の中から、『雨宮友恵』という席を探し、その席に誰かがいなくても何にも思われないように、シールドを張る。

そうこうしているうちに戻ってきた友恵が、白い布でできた変なもので私の口元を隠し、包帯で頭を覆い始めた。

「……包帯はともかく、何だ、これは？」

口元を覆う白い布を指して、友恵に質問すると、彼女は意外そうに笑った。

「やだ、西暦三〇〇〇年って、今から一〇〇〇年も未来なのに、マスクは消滅していても包帯は残っているのね」

「包帯は消滅しようがないからだろう」

「そうね」

手早く作業を終えた彼女は、私の手をとって立たせ、こう言ってきた。

「たぶん、あなたの事だから、一瞬で移動できる機械なり技術なりがあると言うんでしょうけれど、誰かに目撃されるのが嫌だから、徒歩で私の家まで行くわよ」

「目撃されないように、事前にサーチしておく事ができるが？」

「あなた、日本の田舎をなめ過ぎ。どこで誰が、どう見ているかなんて、わかったもんじゃないのよ。あなたは穂足……いえ、ホタルとして徒歩で移動するのが、最も安全なのよ」

付け加えて、彼女はこうも言った。

「それに正直、もうこれ以上、因果を乱すような事をしたくないのよ。タイムリープくらいなら、原因と理由を追及する事で、どうしてそうなったのか、推測する事はできるけれど、変な技術を持ちだされて、事態がこれ以上複雑になるのを避けたいの」

実は、この理由に加えて、もっと現実的な『理由』があったのだが、彼女はさらなる私の混乱を招かないためにか、この時は言いださなかった。

「……わかった」

正直、徒歩移動など滅多にやらないので、どちらかと言えばそちらのほうが私には不安なのだが、もう仕方がない。

不測の事態が、発生しすぎている。

二〇〇二年、なぜか私の名前と職業と未来を知っていた女。

一九九二年、指令である『奴』の捕捉の失敗。

そして三〇〇〇年、私の時代に戻れない理由。

わけがわからない。

わからないが、それでもここ……、若い人間が多い教育施設に、これ以上留まるのが、パトロールとしてよくない事だけは理解できた。

「こっちよ」

こうして友恵は、私をその古ぼけた建物の中から連れ出した。


「あ、穂足ちゃん？　もう帰ってきたの？」

穂足の両親と兄が地震によって死亡した事は、現在の穂足の住まいである雨宮家にも知らされており、かつ現在、穂足は興津に行っている事になっているので、母は、私が連れてきたその少女……ホタルを、穂足だと勘違いした。

その上で、顔に巻かれた包帯と、マスクに驚いて言った。

「それは、どうしたの？」

「お母さん」素早く、私はホタルの前に出て、道々考えてきた言いわけを披露した。「マスクは泣きすぎて喉が痛くなったからで、今、声も出せないみたい。包帯は、ほら、まだ興津には震災の瓦礫が残っているでしょ？　それでどこか打ったみたいで、ちょっとした怪我をしたみたい」

「……それはわかったけれど」

母は、じろじろと『穂足』を眺めていた。制服は似ているが本当は別人なのだから、当然だろう。特に『ホタル』と『穂足』では、身長が違う。

「何で、友恵が『学校から』穂足ちゃんを連れてくるの？　直接うちに帰ってくれば」

「だって穂足の鞄、まだ学校にあったんだもの」

「あ、そういう事か」

ようやく母が納得したのを見て、友恵は言った。

「かなり疲れたみたいで、数日は休みたいみたい。お葬式とかはそれから考えるって」

「わかったわ」

「じゃあ『穂足』、私の部屋に行きましょう……」

こうして私は、西暦三〇〇〇年からやって来た少女、ホタルを自分の部屋に誘った。

部屋に着き、座布団を出し、必要最低限の事（座布団の座る位置や使い方）などを教えた後、私は言った。

「この部屋は、本来私の友達である、坂口穂足という子の部屋なんだけど、今、彼女はちょっと別の用事があってここにいないの。さっき公衆電話から確認したら、まだ数日向こうにいるみたいだから、その間はここを使っていいわ」

「え？　ええ、そう、あなたと同じホタルだけど、彼女は漢字の」

私は、そういう事にホタルが食いついたと思ったのだが、違った。

「坂口霞の義理の妹の、坂口穂足か？」

「……坂口、穂足？」

「え……」

用意したお茶を淹れようとしていた私は、思わず湯飲みを落としてしまいそうになった。

「あなた、霞さんに会った事があるの!?」

私は驚いて、ホタルに聞いた。

思えば、すべての事象は、私が会った事がない、その女性から始まったのだから。

「ああ、会った。会って話をした。が、あれは……」

「今、お茶とお菓子を用意するから、情報交換をしましょう」

私は急いでその用意をした。

そして、ホタルから驚くべき話を聞く事になる。

ホタルは西暦三〇〇〇年でタイムパトロールをしている事。

パトロールは、西暦二三一一年に謎の失踪を遂げた、とある科学者の部屋から見つかった、ラベンダーの香りのする薬の力によって選ばれる事。

ホタルは謎の地震の調査に訪れ、そこで鏡の中の『坂口霞』と出会い、穂足の事と、

『保彦』が探していた謎の本について聞いた事。

謎の本を探していたら『リライト』という本にめぐり合った事。

「え……」

その場で言ってもよかったのだが、あえて私は何も口をはさまずに、ホタルの説明を聞いていた。

さらに『リライト』による過去の書き換えを防ぐために、二〇〇二年の夏に行った事。

そこで謎の女に出会い、これからの運命を予告された事。

そして、女の指示で一九九二年の夏に飛んだところ、『失踪した科学者』である保彦を発見した事。

私は思わず黙りこんだ。

これは……。

この事態の推移は……。

しかし、ひとまず情報交換である。

「さ、今度は君の番だ。何が起こった？　何をして、奴は何が目的で、あの場所にいたのだ？」

今度は友恵が今までの出来事から知り得た情報を話した。

穂足経由で聞いた、過去を見る能力者、千秋霞の事。

霞が見た『大勢の保彦』の情報を元に、自分が『リライト』という小説を書いた事（これには、ホタルも驚いていた）。

ほんの冗談のつもりで書いた『リライト』の通りに、転校生として『保彦』がやってきた事。

しかし保彦は『リライト』の通りにしようとしている事。

だが保彦の方法では欠陥がある事。

話し終えると、さすがに喉が疲れたので、私はお茶に手を伸ばした。それを見て、ホタルも同じように茶を飲む。

「うまいな」

ホタルが、お茶を飲んでそうコメントした。

「まあ、静岡だからね」

と、私は返した。

「さ、て」私は腕を組んだ。「どこから整理したものかしら……」

「『リライト』が君が書いた小説なのだとしたら、あれは本当に起こった事ではないのだな？」

ホタルの疑問に対して、私は大きく頷いた。

「当たり前でしょう。あんな空想じみた事が、たとえタイムリープの力があっても、できるわけがないじゃない」

「だが小説の通りに、あのカラオケ店に、漆黒の女性がいたんだぞ」

それはたぶん私だな、と友恵はこの時既にわかっていた。

なるほど、同窓会自体には行ったのだ。

そして『中で酒井君が倒れてる』と言ったという事は、あの二人はこんな不測の事態が生じても、まだ『リライト』を続けているのだ。

なぜだ？

今のこの時点で、『私』という例外が生じているのに。

考えこむ私の横で、ホタルが強い決意を抱いたような顔で言う。

「とにかく、私としては『奴』……わかりにくいから奴がこの時代で名乗っている名前で語るが、『保彦』を捕まえる事が先決であり、使命だ。それだけは譲れない」

「……」

友恵は、悩んだが。

（……そうね、ホタルとしては、そちらのほうを優先するのが当たり前よね）

そうとなれば、と友恵は切り出した。

「まず、あなたが保彦君を、二三一一年に失踪した科学者だと断定しているのは、純粋に『顔』よね？　科学者の顔と、保彦君の顔が似ているから、そう判断したのよね？」

「当然だ」

「よく似た別人の可能性は？」

「タイムパトロールでないのに、リープの力を使っている時点で、それはない。また、逃げる理由もない」

「そう、それを確認しておきたかったんだけど」

私は、最も疑問に思っていることを指摘した。

「西暦三〇〇〇年でも、リープの力の製造方法はわからなかった。けれど適合している人間だけがリープの力を使っている、という事はつまり、科学者が残した薬を使っているのよね？」

「……当たり前だろう。だから、私たちは『奴』を追っているのだから」

「そうじゃなくて、あなたはその力を使い放題なの？」

「……？」

ホタルは何と言ったらいいのかわからないという表情を浮かべていた。

私の言っている意味が、理解できなかったのだろう。

「パトロールの人間が何人いるのかは知らないけれど、現状では科学者が『残した』薬しか使えないのよね？」

「ああ、そういう事か」なんだ、という顔でホタルが言う。「それは心配ない。科学者は、万が一を考えて大量に薬を残しておいた。未来に帰ればすぐにほじゅ」

ホタルの言葉と、顔と、身体が止まる。

私の言いたい事は、つまりそれなのだ。

「しまっ」

すぐにホタルが空中に手をかざした。そこに、何かの小瓶が落ちてくる。

小瓶の中に入っていたラベンダー色の薬は、残り、二個だった。

「あと、二回……！」ホタルが、うな垂れた。「帰る分を考えると、あと、一回しか」

「……これで、私の考えている、『保彦君が失踪した科学者かどうか確かめる方法』を使うには、ホタル、あなたにはうちで二十日間以上、待ってもらわなきゃならなくなったわね」

「……何の事だ？」ホタルが顔を上げる。「二十日間？　なぜ？」

「……保彦君のDNAが、取れればいいのよね？　つまり」

「ああ、もちろんだ。DNAさえあれば、本人かどうか確認できる」

「……そうか」

わかった。

『リライト』の作者である私には、わかった。

だから『リライト』は半分だけ、その通りになったのだ。

しかし問題がある。

というか、根本的な問題がある。

保彦は……この問題をどうするつもりなのだろうか？

『リライト』を読んでいるなら、既にその問題に気がついているはずだ。

いや……、

この事態は……。

私はホタルを見た。

ホタル……西暦三〇〇〇年からやって来た、タイムパトロールの少女を見た。

私と同じ、十四歳の少女。

「……どうした？」

「ホタルは覚悟を決めたほうがいいわ」私は、真剣な声で言った。「事態が私の考えている通りに進んでいるのなら、あなたは、十年後の二〇〇二年まで、この時代に留まる事になる」

理解が追いつかなかった。

ホタルには、友恵が何を言っているのかわからなかった。

しかし友恵はそんな私に構わず、立ち上がって辺りを見回した。

「……何を探している？」

「いえ、たぶん、『私』が考えている通りなら……ほら、あった」

友恵が、机の上に載っていた、一冊の本を取り上げた。

『時を翔る少女』というタイトルで、著者の名前は『高峰文子』とあった。

「そ、れは……！」

「やっぱり」友恵が、ため息をついた。「いや、駄目ね。やっぱり、私一人では無理」

「『リライト』の通りになった、という事なのだろう？」

「違うわ」はっきりと友恵は否定した。「そもそも『リライト』は、成り立たない話なのよ。あの話は『こう解釈すれば、違う結末を迎えられる』という物語なの。だから『リライト』なのよ」

「……？」

「だからこそ、二〇〇二年、あなたが出会った女性は、あなたに『時を翔る少女』を渡したのだから」

「ちょっと待て」私は、苛立ちから頭を掻きむしった。「君は一体何を言っているんだ？　今、他ならぬ君の手元に『それ』があるという事は、君の書いた『リライト』の通りになったという事なのだろう？」

「半分だけはね。だからこそ、あなたが出会った女性が本を渡したのじゃない」

「……いや、えっと」

混乱する。

矛盾する。

矛盾していないのに、矛盾している。

『リライト』の通りなら……、今の友恵が、本を持っていてもおかしくない。

しかし、確かに私は、二〇〇二年に出会った女性から渡された本を二三一一年に置いて来た。

「簡単に言うとね、『リライト』の美雪にとっての携帯電話が、私にとっては『この本』になったのよ」

「私に、わかるように話してくれ」

混乱しながら、それでも私は大真面目に言った。

「まず、ね」

友恵が、白紙のノートを開き、そこに二つの線を書いた。線には『過去』と『未来』と書かれている。

「『リライト』の過去編、つまり一九九二年編のほうだけど、『こちらは』本当に起こった事なの。と、いうか『本当に起こった事にしなきゃならない事』なの。そうしないとこの『時を翔る少女』が出版されないから」

「待て」私は、手を出して話の流れを止めた。「私が未来で検索した限りでは、『時を翔る少女』という本は、出版されていないのだぞ？」

「当たり前よ。だから、あなたが二三一一年に置いて来たんでしょ？」

「……は？」

「保彦君がこの時代に来るためには、そうしないと駄目なのよ。まず、これは理解して。いや、理解も何も、既にそれはやってしまった事なのだから、もう後悔しても遅いのよね」

「……わかった」

私は、とりあえず友恵の話を全て聞く事にした。

そうしないと、頭が壊れてしまいそうだった。

「で、だから私も、とりあえず『リライト』の通りにするわ。つまりあの茶番劇を演じるって事。いえ、私が筋書きを書いた物語の通りになるとわかって演じているのだから……」

ふっ、と友恵が笑った。

「『リライト』風に言えば『リアクト《演じ直す》』ってところかしらね」

友恵が自信満々にそう言っているのを見て、私は……、なぜだろう。好感を覚えた。

私は幼い頃に適性がある事が発覚して、政府のタイムパトロール養成所に預けられた。

だから、同年代の友人がいなかった。

初めてだった。

他人に、こういう感情を覚えたのは……。

「だからホタル、あなた、保彦君を捕まえるのは諦めなさい」

「……っ」

生まれて初めて抱いた好感だったのに、こいつは……！　と、思わないでもなかった。

「だから、私たちタイムパトロールは……！」

「あなたが未来に帰れなくなったのは、保彦君を追おうとしたからって事に気がついてないの？」

「え……」

「『今』が、二三一一年より後だったら、彼の後を追う事はできた。でも、『今』では無理。今は一九九二年で、まだ『その事実』が成立していないのだから、何をどうしても、彼を追う事はパラドックスになる」

「その事実って」

「二三一一年に保彦君が失踪したから、あなたはタイムパトロールになったのでしょう？」

「そ」

そういう事か。

つまり、『今』私が奴を捕まえてしまうと……。

「そう、タイムパトロールの存在自体がなくなってしまう。なぜなら、彼が失踪しない限り、薬は発見されなかったのだから」

理屈はわかる。

しかし、それでも納得できなかった。

「では、なぜ私が今ここに存在できているのだ？　捕まえるとパラドックスになるなら、私は、というかタイムパトロールは永遠に奴を捕まえられないし、そもそもパトロール自体が成立しない」

「だから、この本がここにあるんじゃない」

『時を翔る少女』を手に、友恵がそう言ったのだが、私にはやはり理解できなかった。

「そして、あなたが一九九二年にいるのは、この時代以降で、あなたにやってもらう事があるからなの。今から、それを説明するわ」

今度は、友恵が『リライト』を手にして、ページを開き始めた。二四二ページ。『だが保彦の名誉のために言っておく』から始まる、酒井茂が夏に起きた出来事を解説するシーン。

「これね。『酒井君はこう解釈した』という体で書いたんだけど」友恵が、少し困った顔で言った。「正直に言うと、これ、間違ってるの」

「――どういうことだ？」

「いえ、酒井君と保彦君が過去に行った事については、全部正しいわ。というか、今現在、進行形で二人は『リライト』の通りの事をやっているの。何でそんな穴がありすぎる方法を選んだのか、問い詰めたいところだけど、まあ、確かに急場拵《ごしら》えでは、場当たり的なこの方法しかなかったんでしょう。それは、仕方がない。でも、後半のシーンの、酒井君の解釈は、全部間違っているの。そう解釈しなくても、別の結論に持っていく事ができるの」

　理解できた、ような気がした。

「それは、つまり……」

「そう『リライト』の結末に、持っていかない方法があるの」

「だ、だが具体的にどうやって……」

　そこで私は、『作者』である友恵から、物語の別解釈を聞く事になる。
●友恵は桜井や長谷川を殺してなどいない。彼女たちは別の原因で、別の誰かに殺される（ただし、刑事事件に巻き込まれたり、事故や天災で亡くなってしまう事は十分に考えられるので、警告の意味でそう書いたらしい）。
●美雪が想定した日に携帯電話がなくならなかったのは、一九九二年から飛んだ時点で、十年後の日付を確認する方法がなかったので（新聞を見れば済む話だが、五秒ではそれは不可能だった)、美雪が想定した日になくならないほうが、リアリティがあると思ってそう書いた(つまり、美雪が知らないうちに携帯電話はなくなるのである)。
●卒業アルバムに保彦の写真があったのは、美雪からは(保彦は)一九九二年の七月一日から二十一日までのわずか二十日間でしかないが、実は他のクラスメイトと同時進行だったので、その積み重なった時間の分、保彦は成長していたので、その成長過程を(クラスメイトが)盗みとった写真が、卒業アルバムにあった事(美雪がこの写真を見て驚いたのは、彼女は『最初の一人』であるがゆえに『十四歳の保彦』しか、知らなかったのであんなに驚いた)。
「……なので、放っておいても『リライト』の通りにはならないのよ。実は」

そう友恵が語った事実に私は安堵した。

……?

いや、違う。

私が見た現実では、違う。

「だって、あの時、あの女性は……」

漆黒の女性は。

私に『時を翔る少女』を渡した女性は。

私の事を……！

「そうなの」

友恵が頷いて、私を見る。

どこか懐かしげな表情で、私を見た。

その視線の意味が、私にはわからなかった。

悲しそうな……、

優しそうな……。

そんな、目だった。

「実は最大の問題はこれからで。これは、今頃保彦君も気がついているとは思うんだけど……」

「大槻美雪を探してきて、彼女を最初の一人にすればいいのだろう？」

「よく聞いて、ホタル」

友恵が私の肩に手を置いて、深刻そうな声と眼差しで言った。

「根本にして最大の問題は、それなの。……私たちのクラスである二年四組に、『大槻美雪』という生徒は、いないのよ」

# 6『時を書ける少女　2』

二〇〇〇年、冬。パソコンの前で、私……大槻美雪は悩んでいた。

どうしても書けなかったからだ。

書けなくて当たり前だ。

『時を翔る少女』は、私の記憶そのものなのだから。

それ以外の物語が、作家ではない私に、書けるわけがない。

そう素直に担当編集者である相良に電話で言うと、

『どうしても、と仰るのであれば「時を翔る少女」を出版してもいいかも知れません。この作品は、わが社の公募新人賞の落選作ですが、拾い上げて出版するケースは珍しくありませんので』

初めて相良と出会い、打ち合わせをした日から、既に三ヶ月が経過している。

三ヶ月かけても、一つのプロットも完成しなかったので、相良も焦っているし、折れたのだろうと私は解釈した。

さらに相良から、

『作品を出版する場合、必ず校閲とは別に、編集者が文章や台詞の直しを入れます。これは、必ずです。作家が書いたものが「そのまま」世には出ません。絶対に編集者が手を入れますので、ご了承ください。「時を翔ける少女」に直しを入れた原稿をお送りさせていただきます』

と言われ疑問に思ったので、この時に私も聞いてみたのだが。

「それは、絶対なんですか？　たとえ、手を入れる余地がなくても、無理矢理どこかには手を入れるのですか？」

『仰りたい事は、わかります』恐らく、苦笑しながら相良は言ったのだろう。『答えとしては「はい」です。作家から第一稿、つまり最初に書いたものを渡された時点で、その作品がどれほど完璧でも、どれほど手を入れる余地がなくても、むしろ手を入れたら完成度が薄まってしまうのでは、という状況であったとしても、編集者と校閲は手を入れます。これは、仕方のない事です。出版界のルールだと思ってください。……はい、仰りたい事はわかります。仮にこちらが現行のAじゃなくBにしてくれ、と作家に直させて、後からもう一度考えて、やっぱりAのほうがよかったから直してくれ……「元に戻《リアクト》してくれ」と、言う事もあります』

　というわけで、今、私の手元にその原稿……赤字で、質問や、直しや、句読点を消したり増やしたりした原稿があるわけだが。

「うーーーん……」

　どう言い表せば、この感情が伝わるのか、わからないのだが……。

　編集者が直しを入れたものを、原稿（文書作成ソフトウェアで書いた原稿）に反映させて、直す、という作業は、私は初めてなのだが……。

　嫌悪に近い感情を抱いた。

　この作業を、やりたくない。

　自分でも我儘《わがまま》過ぎるとはわかっていたが、それでも、直したくない。

　改変したくない。

　相良とて、無理は言っていないのはよくわかる。

　大筋を変えろとか、キャラクターを増やせとか、文字数を大幅に削れとか、そういう事を言われているわけではない。

　キャラクターの台詞を変えたり、文章をほんの少しだけ縮めたり、言い回しをちょっとだけ変更したりと、その程度なのだが、それでも嫌で変えられない。

　読みやすくするために文章に手を入れている、という理屈はわかるのだが、なぜか変えたくない。

それは、私にしたところで、実在した記憶と言いつつも、八年も前の事である。一言一句、完璧に、実在したキャラクターである二年四組のクラスメイトの台詞を覚えているわけではない。そんな完璧な記憶力など持ってはいないのだから、私が間違っている可能性のほうが高い。

それでも、何なのだろうか、この違和感。

ぼやけている。

記憶が、ふやけている。

曖昧な記憶の通りに書いた『時を翔る少女』に、他人の手が入る事によって、さらに崩れていく。

まるで、氷が溶けるように……。

いや、雪が溶けるように……。

美しかった雪が、溶けてぐしゃぐしゃになるように……。

そんな風に思えてならないのだ。

ふと、カレンダーを見ると、既に年末であり、年越しまで一週間と迫っていた。

「どう、しようかな……」

母からは、就職（とは言えないものの、とりあえず収入が入る事になったので）が決まったので、今年は帰省しなさいと言われている。

今までは面倒なので、暮れ正月でも、いちいち帰省はしなかった。

「今年は、帰ってみるかな……」

そう呟いたことをきっかけに、私は仕事を中断してしまった。

さて、年末年始、実家に帰るならば、もろもろの事を今年中に済ませないといけない。

私は、とりあえず大掃除をする事にした。

普段、いらないものをしまってある段ボールをクローゼットから取り出し、必要な物と不要な物とで分けていく。

「今年の燃えるごみは……、げ、明後日が最後？　じゃあ本当に今日中にやらないと」

そこで、昼食を例によって菓子パンと牛乳で済ませ、午後の時間を本格的な片付けに使う事にした。

そうすると、出てくる、出てくる。昔懐かしいものたちが。

高校で使っていたノートや参考書など、もういらなくなったものを、まとめて捨てる事にし、重ねて紐で縛っていく。

と、段ボールの底に、本当に懐かしいものがあったので、私は思わず、それを手に取った。

「わあ……」

出てきたのは、中学の時の制服だった。

岡部中学校の制服。

セーラー服で、赤いリボン。スカートは黒。

懐かしい。これを着て、私は思い出の中にある岡部中学校へ通っていたのだ。

「……？」

あれ……、
何だろう、これ……。

変な感触……。

「生地、が……」

それほど傷んでいないのだ。

古い物のはずなのに、傷みもしなければ虫食いもなく、埃すらついていなかった。そして、色あせもしていない。まるで新品のようだ。

「え、嘘？　だってもう七年も前の服なのに」

いや、そもそも。

「何で私、中学の制服をこっちに持ってきてるの？」

この部屋は、大学に入学する時に借りた部屋だ。

当然、コレクション目的でなくては、中学の制服を持ってくる意味などない。

「それに……」

探してみても、なぜか冬服はない。

夏服だけ、自分はこの部屋に持ってきていたのだ。

「……？」

なぜだろう。意味がない。

（……ひょっとして、お金に困る事があったら、下品なところで売るつもりだったのかしら？）

いや、それにしたところで、夏服だけ持ってくる理由にはならない。

「……どういう」

わけがわからなくなったので、私はその制服を捨ててしまう事にした。

不用品を入れていた段ボールに、確かに私は、その制服を入れた。

しかし、数時間後、

「あれ!?」

やっと掃除が終わったと思ったら、まだ必要なものを入れておいた段ボールの上に、中学校の制服がきちんと畳んだ状態で置いてあったのだ。

「何で……」

いらないものを、自分は捨てようとした。

そのために、掃除をし、整理をした。

その最中、何か手順を間違って、制服をこちらに持ってきてしまったのだろうか？

私は、再び、中学の夏服を不用品の箱に入れ直した。

その夜……、

私は、昼間のうちに掃除を済ませ、明後日の可燃ごみの日のために、玄関に不用品をまとめた段ボールを置いておいた。

しかし、その中にあの夏服はなかった。

あれは、私の衣装だからだ。

「あれ、焼津からでもバスで岡部町へ行けるようになったんだ」

静岡駅で、駅員にその事実を確認し、私は電車の切符を買った。

藤枝まで行って、そこからバスで岡部町に行こうと思ったのだが、焼津から行けるのであれば、そのほうが運賃が安いからだ。

しかし、電車に乗っている途中で気がついた。

（あ、そうか、焼津からだと遠回りになるから、結局、藤枝まで行っちゃったほうが、バスの運賃を考えるとトータルで安かったかも）

そう思ったら、なぜ『そんな事』に今更気がついたのか、不思議になった。

私は、高校時代、岡部町から静岡の高校に通っていたはずなのに……。

しかし、もう切符は買ってしまったので、変更はできない。車内で駅員さんにお金を払えば変更はできるが、面倒だったので私は焼津で降りてしまった。

そこからバスで岡部町に向かう。焼津市内をぐるっと回った後、橋を渡り、北上すれば昔懐かしい私の故郷の岡部町に着く。

この時、私はバスの前方の席に座っていたので、故郷のバス停に着くまでに気がつかなかったのだが、バスの後部座席に一人、漆黒の女性が座っていた。

このバスを焼津市内で降りる目的の人は、市内を巡っている間に降りてしまう。橋を渡った後、降りるつもりの人は、私と同じように、岡部町に行くのが目的という事になるのだが。

（……誰、かしら？）

私は、ちらちらと事ある毎に振り向いていたのだが、遠いのではっきりしない上に、もう他の乗客はすべて降りてしまっているので、遮るものがない。私の視線が、黒い服を着た乗客に届くのが本人にばれてしまうので、結局、誰なのかを確かめる事はできなかった。

岡部町で、私もその女性も降りたのだが、女性は私とは反対方向に歩き出したので、誰なのか確かめることはできなかった。

（あんな人、この辺りにいたかしら？）

そう思ったが、私とて大学に入学した後はあまりこちらへは来なかったので、実に三年半振りである。いくら田舎とはいえ、引っ越してくる人もいるだろう。私が知らなくても不思議ではない。

それを裏付けるかのように、岡部町は少しだけ変わっていた。知らない場所にコンビニがあったりするし、知り合いの家が売家になっていた。さらに歩いていくと、衝撃的な光景に出くわした。

「あれ？　この家は……」

酒井君の家に、人が集まっていたのだ。

それも、男性はダークスーツで黒のネクタイ。女性は黒の服装に、真珠のネックレス。手には数珠を持っていた。

「え……」

ぎょっとした。

どう見ても、お葬式だったからである。

さすがに知り合いだとしたら無視するほうが失礼なので、受付の人間に、こっそり聞いてみた。

「あ、あの……？」

「はい？」

葬儀会社の人なのだろう。喪服姿の年配の男性が、質問に答えてくれた。

「私、この先にある大槻家の者なのですが、今日、年末で久しぶりにこちらに帰ってきたのですけれど、……ひょっとして、酒井茂君の」

まさか、と思った。

同い年である。事故ならともかく、病気や何かで死ぬ年齢とは思えなかったからだ。

だが、違った。

「あ、酒井君のお友達の方ですか。彼は今、中にいるので、呼んで来ましょうか？」

「え？」

「酒井君が、喪主なのです」

という事は、つまり、

「あの、失礼ですが、亡くなられたのは」

「酒井君のお父様です。それと、今日はご葬儀ではなく、三回忌ですよ」

ああ、そういう事か、と納得した。

なるほど、だから家の前に小型バスはあっても、霊柩車が着けていなかったのだ。これから家でお経を唱えてもらって、お墓に移動して、会食でもするのだろう。

「まだ住職が到着する前で忙しくはないので、酒井君を呼んで来ましょうか？」

「あ、いや……」

すぐに、私は自分の格好を見下ろした。

まさか知り合いの家の法要に遭遇するとは思わなかったので、派手ではないが、とても弔問をするような格好ではなかった。

「申しわけありません。事情をまったく知らなくて、今日は、他に用がありますので……」

そう言って言葉を濁すと、葬儀会社の人は慣れているのか、少しも動じなかった。

「わかりました」

こうして私は酒井君の家から離れた。

そして、思い出した。

「ああ、さっきの黒服の人は……」

この弔問に来る客だったのだろう。

だから、見覚えがなかったのだ。恐らく遠方の親戚だろうから。

それにしても、私と同い年で、酒井君は立派に喪主を務めているのだと思うと、こちらは、身が竦むような思いがした。

当然、彼がこの後、一家を束ねていかなければならないからだ。

「――――」

足が止まった。

酒井茂の父親が、死んでいた……。

「それは」

私は知っていた。

帰ってくるまで知らなかったはずの事実を、私は既に知っていた。

「だって」

そう、『リライト』の中で。

『俺が大学二年の時に、脳梗塞で逝っちまった』

そういう茂の台詞が、あったのだ。

計算は合う。

つまり茂の父親が亡くなったのは西暦一九九八年で、二年後の今日、三回忌を行っているのだ。

背筋を、寒気が過ぎった。

(……いや)

ちょっと、待て。

『リライト』の中では……。

(彼は夏に里帰りしていた。今は冬。つまり……)

違う！

『あの時』彼は『遅いお盆のため』帰省していたのだ。年忌とはまた、別なのだ。

従って、やはり。

（『リライト』の通りになっている……！）

その時、覚えのある声が耳に届いた。

「すみません、皆さん」

知っている声だった。

「今、連絡がありまして、◯◇寺の住職は、渋滞に巻き込まれて少し遅れるようです。ですので、まだ法事を始めるわけにはいきませんが、寒いですし、どうぞ中に入ってください」

それは茂の声。

中学二年の時とは、少し違うが、知っている声だった。

懐かしい声だった。

「……？」

いや、
違う。

知っている。確かに私は、この声の主を知っている。

知ってはいるが、『懐かしくは』ない。

「なん、で……？」

私は、保彦君に選ばれた『最初の一人』だった。

保彦君は茂君と、男子では一番、親しかった。

だから——必然的に、私とも親しかったはずなのに。

「——ん？」

この時、喪服姿の茂君が、私に気がついた。

黒服でもないのに、集団から少し離れて、酒井家の前を見つめながら固まっていたのだから、目立ったのだろう。

彼がこちらに歩いてきた。

「お前は……」

すっと、私と彼の間に、黒服の女性が入り込んだ。

「え……」

「あ……？」

「久しぶり、酒井君」

それも、知っている声だった。

「雨宮……」

茂君がそう呟いた後、友恵はこちらをゆっくりと振り返って言った。

「それに、『美雪』も」

その声を聞いた瞬間、私は、時の海に落とされたような気がした。

「いえ、私は弔問に来たのではないの」

と、友恵は語った。

「知ってのとおり、私は中学三年の時に岡部から引っ越したのだけれど、まだ本籍地はこちらにあってね。そうすると引越し先でいろいろと厄介らしくて、母の使いで、今日は役所に行って手続きをする予定だったのよ。年が暮れる前にね。……え、服装？　喪服？　いいえ、違うわよ。これは普段着。そう、黒しか着ないの。私は」

結局、私と茂君は会話をかわさなかった。

茂君は茂君で、喪主として忙しいし、たとえ中学時代の友人との思いがけない再会であったとしても、年忌の日に明るく会話をするわけにもいかないだろう。ぺこりと、その場で頭を下げただけで、私と友恵は連れ立って酒井家から離れた。

「でも、友恵」

友恵と並んで歩きながら、私は彼女に質問した。

「友恵はバスから降りたとき……、役所とは反対方向に歩いていったよね？　あれは、何で？」

「久しぶりだからいろいろ見て回りたかったの」

そう言って彼女は、こっち、と道を指した。

「私の家は……」

反対だと言おうとして、友恵に先に言われた。

「美雪の家はあとで回るわ。先に中学校を見ておきましょうよ。あの旧校舎、かなり変わったみたいだから」

「旧校舎……」

『リライト』の中で崩れ、現実でも崩壊した、あの旧校舎だ。

なぜかはわからないが、私は友恵の言葉に誘導されるがまま、彼女について行ってしまった。

そして、中学校が見えてきた頃。

「あ……」

やはり、もう旧校舎はない。

崩壊直後は瓦礫だらけだったのだ。あんな危ないものを学校側がそのままにしておくはずもなく、すぐに撤去して、更地にしてしまったのだろう。

「……？」

ぴたりと、立ち止まった。

「あれ」

何で、私は、今『だろう』と予想を立てたのだ？

私は、『中学二年生の時』、『リライト』の事件に遭遇した。

そのまま私は、中学の三年時を、この学校で過ごした。

当たり前だろう。中学を卒業しなければ、高校には進学できない。

なのに、私にはこの旧校舎が『その後』どうなったのか、記憶がないのだ。

「どうしたの？　美雪」

「友恵」

私は、すがるように友恵に聞いた。

「この旧校舎って……その後、どうなったんだっけ？　いつ更地になったのか」

私にない記憶を、友恵に求めた。

私は、それが当然のように、記憶を求めた。

だが、友恵は答えてくれなかった。

「私が知っているわけがないでしょう。三年生の時に引っ越してしまったのだから」

「そ、そうよね」

いや、違う。

本当に、友恵に聞きたいのはこの事ではないのだ。

「友恵……」

あの本は。

『リライト』は。

あれが、書けるのは……！

「今日はね、『美雪』」

友恵のほうが、先に語りだした。

「あなたが、岡部町に帰ると雪子から聞いて、私もここへ来たの。本籍地云々は口からでまかせ。あの場は酒井君がいたから、そう言ったの」

「え、雪子？　何で？」

なぜ、ここで私の妹の名前が出てくるのだ？

「何でも何も、私は中学校時代は文芸部で、雪子は後輩だもの」

「あ、ああ、そうか」

そうだった。

……、
そうだった、のか？

いや、そもそも。

「私が帰ると聞いて、何で友恵が来るの？」

「だって、まずいじゃない」

「何が？」

「あなたが本当はいない事を、私と穂足以外は知らないのだから、他の人……特に酒井君に知られるわけにはいかないじゃない」

「え……？」

いない。

私が本当は、いない？

友恵とホタル以外、知らない？

ホタル？

蛍？

穂足……？

岡部蛍……？

「友恵」震える声で、私は言った。「『リライト』という小説を書いたのは、ひょっとして」

「ええ、私よ。岡部蛍はペンネーム」

呆れるほど、あっさりと答えが返って来た。

「穂足から事情を聞いて……『リライト』の話に反応する人間を探し出す必要があったの。けれど、ホタルの力はあと一回しか使えなかったから、私たちが自力で何とかするしかない。だから『リライト』を出版したのよ」

「……？」

わけがわからない。

誰なのだ？

穂足……？

「その結果、運命が逆だった事がわかったの。何で、保彦君は『あの方法』を取ったのか、理由がわかったの。そう、逆だったのよ。最初から知っていたの。彼は」

そこで友恵が、私をじっと見る。

じっと、観察するように。

「友恵？」

「よし」友恵が呟いた。「確認終了。では『美雪』、もうどこへも寄らずに、さっさと実家へ帰りなさい」

友恵は私を残して去ってしまった。

その夜、私は実家から、R社にいる相良に電話を掛けた。

「もしもし、はい、高峰です。……すみませんが、相良さん。『時を翔る少女』なのですが、出版を、見送るわけにはいかないでしょうか？　いえ、気が変わったというわけじゃないんです。どうもその、自分の記憶に自信がなくなって……、あ、いえ、違います。『時を翔る少女』はフィクションですから、関係ないんですけど。はい、すみません」

こうして、運命は『時を欠ける少女』に委ねられる事になった。

# 7『時を欠ける少女　2』

一九九二年、夏。

仕方のない事だと穂足は諦めていた。

見なければいけない事だからだ。

直面する事は避けられないのだ。

勇気を出して見たが、穂足は、その場で号泣した。

変わり果ててしまった両親と兄の姿にではない、その腐臭があまりにも酷くて、『それ』を両親と兄だと思いたくない自分に、腹が立って泣いたのだ。

「これから、どうなるんですか？」

穂足は役場の人に聞いた。

「お葬式とか」

「遺体が確認されていない、つまり、まだ身元が確認されていない人の葬儀をするわけにはいかないので、確認された人から、順次、葬儀をしています。ですが、この状況ですので、簡易な形で済ませています。申しわけありませんが、あなたに渡せるものは、ご両親とお兄様の遺骨だけになります」

「それで結構です。ありがとうございます」穂足は頭を下げた。「私の家のお墓も崩れたので、骨壺だけ私が保管して、いつかきっとお墓を新しく立てますので、その中で両親と兄に眠ってもらいます」

「気丈ですね」と役場の人が言った。「あなたの年で、そこまで思いつめなくてもいいのですよ」

役場の人は、優しさからそう言ったのだろう。もちろん、穂足にもそれはわかった。わかったが、穂足は首を横に振った。

「思いつめてはいません。私は、これからの未来を客観的に見ているだけです」

地震をきっかけに、穂足の決心がついた。

東京の親戚に電話をして、そちらに行こうと思った。

もちろん雨宮の家には一度戻って、礼も言うし、自分を下宿させるのにかかった費用についても、いつか必ず返すつもりである。

東京の親戚と自分の父が、仲が悪かったのには理由がある。

それは、東京の親戚が、穂足を養子にほしがっていたからだ。

親戚のところに行くという事は、当然、その条件に従う事になる。

それでも構わない、と穂足は決心したのだった。

この時点で、穂足は二年四組に、転校生がやってきたことを知らなかった。

だから、雨宮の家に電話して、まだしばらくは興津にいる事を告げた後、なぜか電話口の相手が友恵の母から友恵自身に代わって、しかも驚くべき話を告げられたので、穂足は沈黙してしまった。

『穂足、来ちゃったよ、本当に』

「何が？」

『転校生の、保彦君が』

「……」

最初は友恵が何を言っているのか、理解できなかった。

『リライト』の事だと気づいたのは、そのすぐ後だった。

「ああ、つまり、本当だったって事なのね。霞義姉さんの話が」

『そういう事、ねえ、こ、これ、どうしよう？』

「さあ？」どうでもよかったので、穂足はそう言った。「別にほっとけば？　どうでもいい話でしょ」

「友恵の書いた話だからさ、正直には言わなかったけど、要はあの保彦って男。とんでもないスケコマシなんでしょ？　ほっとけば。そんな最低男」

『それが現実になったから、困ってるんじゃない！』

「何が困るの？」

『……いや、だって』

穂足は、本気でそう言っていた。

穂足は知らない。

この時……、七月の時点で、自分がここまで『未来人』に興味を示さなかったからこそ、その後三日の時点で、友恵はあそこまで保彦に対し、距離を置いた態度でいられた。

そのすぐ後にホタルの襲撃を受けても、やはり冷静でいられたのは、両親と兄の死に直面している穂足のほうが、どう考えても過酷だったからなのだ。

しかし、友恵が正直にそう言っても、穂足は何とも思わなかっただろう。

穂足の前には、今『現実』が待っている。

両親と兄を火葬しなければならない現実が、穂足を待っている。

逃げられないし、逃げてはいけない現実だった。

それに比べれば、クラスに未来から転校生がやって来た事など、些事だった。

そして、その電話があってから、二日後。

その少年はやって来た。

「やあ、坂口穂足さん。はじめまして、僕は園田保彦と言うんだ」

「……」

こいつか、というのが穂足の初見での感想だった。

そうか、『クラスメイト全員』に同じ記憶を植えつけないと駄目だから、自分のところにもやってきたのだな、と理解した。

穂足は、友恵ほど優しくなかったし、作者でもないので、遠慮もしなかった。

「実は事情があって、クラスの全員に『今日』知ってもらいたい事があるんだ。だからちょっと、場所を変えな」

「うるさい」

保彦は話を止めた。

想定もしていなかった、という顔になった。

「よく見なよ。ここは急遽再建した葬儀場で、今はお葬式の真っ最中で、誰もが悲しい気分になってる。そんな時に無関係の奴がのこのこやって来て、場所を変える？　ふざけないでよ」

「いや、あの、僕は」

「とにかく帰れ、私は忙しい」

自分は今、葬式の真っ最中で、ただ一人の坂口家の生き残りとして、これを行う義務がある事。両親と兄を火葬している最中なので、終わったら骨を骨壺に納めなければならない事。

話を聞いた保彦は戸惑っているようだった。

何で、こんな当たり前の事実をわきまえていないのかと穂足が疑問に思ったが、『リライト』の内容を思い出して納得した。

ああ、そうかコイツはこの時代の一般常識を全然知らないのだ、と思った。

ややあって、それでも保彦は主張した。

「いや、やはり駄目だ。君が二年四組の生徒である以上、僕の話を聞いてもらわないと」

なんだ、こいつは。というのが、やはり偽らざる穂足の正直な感想だった。

「あのね」

呆れきった様子で穂足は言った。

「あんた、友恵にも同じ事を言ったんだろう?」

保彦が、ぎくりとした顔になる。

「私は友恵と友達だから、知ってるんだよ。あんたが何をしにこの時代に来たか、この時代で何をやっていて、それが何のためにやっている事なのかも、全部知っている」

そして、穂足は保彦を軽蔑しきった目で見つめた。

「あんた自分のやっている事が押し付けだって事に気がついてないの？　クラスの皆の、個性無視、性格無視、性別無視、趣味無視、学力無視、……ただただ『同じ』クラスって言うだけで、『同じ』記憶を共有するように強制する。……それは、自分勝手って言うんだよ」

「……必要なんだ！　同じ記憶の共有が！」

「何であんた個人のために、皆が皆、一方的に『同じ』である事を求められなきゃいけないの？」

それは、穂足だから言える台詞だった。

穂足が、崩壊した町を保彦に見せつけた。

「見なよ。この町は、皆『同じ』震災で一方的に苦しめられて、泣いて、叫んで、悲しんだ。あんたのやっている事はそれと同じ。善意に見せかけた押し付けだよ」

保彦が、穂足に手を伸ばした。

何の傷もない綺麗な手を、穂足ははねつけた。

「……駄目なんだ！　共有しないと、未来が」

「皆が違うからこそ、未来が拓けるんだろうが！」

これ以上、相手をするつもりがなかったので、穂足は最後通牒を突きつけた。

「安心しなよ。私は東京の親戚のところに行くから、もう二年四組の生徒じゃなくなる。

戸籍上はまだあのクラスに在籍しているけれど、同窓会になんて行かないし、作家にもならない。だから、あんたはあんたで、あんたの満足するまで、あんたの一方的な自分勝手を、好きなだけ押し付けるといい」

その台詞を最後に、穂足は保彦の前から立ち去った。

保彦は、少しだけ考えていたようだが、最後には、薬を使って消えた。

それから一時間ほど経ち、無事に両親と兄を火葬して、壺に納めた後のことだった。

保彦との事があったので、もう岡部町に帰る気になれず、雨宮家と友恵には申しわけないが、このまま電話連絡だけで済ませ、東京の親戚の元へ行こうと穂足は考えていた。しかし、できるだけの事はしてから行こうと考えを改め、ボランティアに混じってごみ拾いなどをやっていた時、品のよさそうな中年の夫婦が、まだ一歳くらいの赤ん坊を抱きながら、穂足に話しかけてきた。

それは、兄のバイトを口利きしてくれた、一条夫妻だった。

「震災には遭われなかったのですね。よかったです」

ええ、と夫妻が言った。そして、兄の清と穂足の両親に、せめて焼香でもと申し出てくれたので、穂足は喜んで了承した。

その時、気がついたのだが……。

一条夫妻が抱っこしている赤ん坊は夫妻に全然似ていないし、また奥様が妊娠していた事実はなかったので、穂足はその赤ん坊を一条家の親戚の子だと思っていた。

しかし、違った。

特殊な事情がある一条夫妻の養子で、名前を『保彦』と言うのだそうだ。

「へえ」

偶然の一致に驚いた穂足だったが、この時はまだ、何とも思わなかった。

異変が起こったのは、『保彦』を抱きかかえながら奥様が線香を持ち、火を点けようとした時だった。煙の匂いにむせたのか、突如、保彦がぐずりだし、慌てた奥様が誤って線香を、保彦の手に落としてしまったのだ。

もちろん、穂足も一条の主人もすぐに消火したのだが、幼い保彦の右手には火傷の痕が残ってしまった。

「すみません」

謝る穂足に、夫妻は穂足の所為ではないと朗らかにその場を収めた。

その三日後。しつこい事にもう一度、転校生である園田保彦が現れた。

「しつこい……、私は東京へ行くって言っているでしょう？」

「だが、君と同じ主張をしていた友恵君は、僕に付き合ってくれる事になったんだ」

「え……、……ふーん、へえ」

勘のいい穂足は、すぐに気がついた。

友恵は、恐らく何か、別の事件に巻き込まれたのだ。

それで、保彦とのあれこれを処理するのが面倒になって、付き合う事にしたのだろう。

だが、それとこれとは話が別だった。

「だから、私はもうあのクラスとは関係ないし、作家にもならないし、物語を書く才能なんて何もないんだから、私に記憶を植え付けたって無駄だよ」

「よく考えたが、クラスの人間の名前を知っていて、僕の存在を知っていて、かつ、あのクラスの授業風景を知っているのであれば、『時を翔る少女』を書ける可能性は残っている。つまり、君も該当するんだ」

「こじつけだよ、それは！」

そう言うと、保彦は右手に安っぽい光線銃の銃身がないような物を持ち出してきた。

「……何？　ああ、それ」

既に『リライト』を読んでいた穂足には、見当がついた。

「それが例の洗脳装置ってわけ？　へえ、そうやって記憶を捏造するつもりなんだ」

「穂足君、僕に従ってくれ。でないと、僕が」

「未来に帰れないって？　何で私が興味本位で私たちの時代に来た奴の尻拭いをしなきゃ

ならないのよ。さっさと自分の時代に帰りなさいよ」

「このまま帰ったら、この時代の僕の記憶が消されてしまう！」

「甘ったれるな！」

穂足は、叫んだ。

「何が記憶が消えちまうだ！　だったらまず私の両親と兄を失った悲しい記憶を消しなさいよ。楽しい記憶だけ持って帰りたいから、ほぼ無関係の奴の記憶をいじくって、自分だけいい思いのまま帰りたい!?　……そういうのを甘ったれって言うんだよ！　過去は乗り越えるものだし、現実は立ち向かわなきゃいけないものだし、未来は掴まないと手に入らないものなんだよ！　それを薬やら洗脳装置やらでいじくって、自分に都合のいいように改竄していったら、いつかあんた自身にそのツケが回ってくる！」

保彦は、泣きそうな表情だった。

その顔を見ても、穂足には嫌悪しか浮かばなかった。

と、銃を持っている保彦の右手に目が行った。

その右手の、付け根の部分にある火傷の痕のようなもの……。

「……」

まさか、
そんなわけがない。

時代が違いすぎる。

しかし、三日前の時点では、火傷の痕は、確かになかったのだ。

「……園田」

「何だい」

「あんた、親の名前は？　苗字は？」

「苗字はないし、僕は孤児だから、関係ない」

「孤児になる前は？」

「親に拾われる前の記憶はない」

「……その、右手の火傷の痕みたいなものは？」

「ああ、これは」保彦が、自身の右手を見る。「わからない。里親に拾われる前には既についていたもので、記憶がないから、どこで怪我をしたのか、僕にもわからない」

嘘だ。

三日前には、絶対にあんな傷はなかったはずだ。

それが今、『あった事』になっている。

この時点で、この因果に気がついた穂足は、本当に自分が関わってはならない事なのだと直感した。

とりあえず、友恵にこの事を知らせるべきだと判断した。

従って、じりじりと、保彦から離れていった。

そんな穂足を見て、保彦は情けない顔で言った。

「僕のしている事は、そんなに許されない事なのか？」

「そりゃそうでしょ。究極の美人局みたいなものなんだから」

「僕はただ、ある本の続きを読みたかっただけなのに？」

「作家にでもなったらよかったのよ」

そう言って、穂足は保彦のもとを去った。

そのまま一度静岡駅まで出て、その足で穂足は新幹線に飛び乗った。友恵には車中から電話し、今しがた自分が聞いた事、連想した事を告げた。


そして、東京の親戚である相良家に、長男との婚約を条件に居候になり、高校へ行かせてもらい、相良家の長男と結婚。その後、一九九六年、高校卒業と同時にR社に入社。それから四年後の夏。かつての級友である友恵に連絡を取り、とある女性のところに『時を翔る少女』を持って、現れ、

「はじめまして、R社で編集者を務めております。相良穂足、と申します」

こうして高峰文子こと、大槻美雪の担当編集者になった。

# 8『時を賭ける少女　2』

舞台は、引き続き一九九二年夏。友恵の部屋で、ホタルは驚愕した表情になっていた。

「『大槻美雪』は、いない……？」

「そもそもね」

と、友恵はホタルに語った。

●『リライト』において、主人公の『美雪』は、プロローグの時点で結婚しており、従って苗字は夫のものになる。少なくとも一九九二年、十四歳時には、結婚が許されていないため、『石田美雪』の一九九二年当時の苗字は、作中では判断する事ができない（実は、これが理由で保彦を『誰でも名前で呼ぶ設定』にしたのだが、本人が本当にそうだったのは驚いた）。

●しかし、相手が入婿であれば、苗字はそのままになるため、やっぱり一九九二年当時の

『美雪』の苗字は判断できない。

●そして、作者である自分の苗字は『雨宮』であり『あ』行。

●普通に考えて、『クラスメイト全員に』と考えた場合、『頭がいい』とか、『将来の夢が作家である』とか、もしくは『文芸部の部員である』という理由以外では、出席番号順に『保彦の相手』を務めたほうが管理しやすい（と、いうか、管理をするのは酒井なので、酒井の能力のほうがついていけない。約四十名のスケジュールを同時に管理するには、どう考えても何らかの順番にそって実行しない限り、無理がある）。

●出席番号順に始めたと仮定するのであれば、出席番号一番である『雨宮』から始めるのが妥当。

●逆に言うと、『雨宮』を外すには理由が必要。

●さらに言うと『雨宮』の次は『石田』か『大槻』になる（『う』は内田、『え』は遠藤、などの苗字があるが、二年四組の女子生徒にはどちらも存在しない苗字だった）。

しかし、これらの事実を聞いても、ホタルにはぴんと来ていないようだった。

「それが、どうした？」

「だから、酒井君が保彦に『最初の一人は誰だ？』と聞くシーンは、そもそも間違っているのよ。モニターをしていた酒井君は、最後の一人……私になるまでに、私と『最初の一人』以外の全員の行動をモニターしていたんだから、消去法で気づくはずなの。私が『最後の一人』で、自分がモニターした他の三十七名以外なら、こいつが『最初の一人だな』ってわかるはずなのよ」

「だから？」

「だから、主人公を架空の人物にしたんじゃない」

リライトが『本当』なら、今、友恵が語ったように『最初の一人』が消去法でわからないほうがおかしい。

しかし、演出的に見て『最初の一人』が、最後にわかったほうが面白いに決まっている。

そして友恵は当初、クラスメイトであり友達である『穂足』以外に、この小説を見せる気がなかった（だからこそ、自分のクラスをモデルにしたのだから）。

当然、穂足はクラスメイトの名前の五十音順……、出席番号順を知っている。

だからこそ、主人公を『結婚している』設定にした。一般的に女性の苗字が変わるタイミングは養子に入るか、嫁に行くしかないからだ。

物語が明らかになるにつれ、『最初の一人』が誰だったのかが重要になるが、出席番号順を知っている穂足からすると、架空の人物である『美雪』の苗字が判明しない事で、『美雪を飛ばした（最初の一人だから）』ということを、隠していた事に違和感がなくなるようにしたのである。

「もちろん、自分を主人公にしない、というのを選んだ時点で、『ではクラスの他の誰かを主人公にしよう』というのは考えたわ。でもね、あまりにも気持ちが悪すぎる気がしたの。主人公は美少女設定にしたから、例えば、長谷川さんあたりでもよかったかもしれない。あるいは、私は穂足を、所謂『美少女』とは思っていないけれど、格好いいとは思っているから、穂足を主人公にしてもよかったかもしれない。でも、恐らくだけど、穂足は絶対に……『保彦』のような男性は嫌いだと考えたのよ。そう、性格的に絶対に合わない。あの子なら、真相を知っていても知らなくても、保彦には『付き合わない』でしょうね。『知るか』って平然と言うと思うわ。だから『美雪』という、私たちのクラスには存在しない架空の主人公を用意したの」

「……ちょっと、待ってくれ。その説明では私には理解できない」

何度も何度も、それこそ今の時代の一般常識や風俗を含めて説明すると、ようやくホタルは理解した。

「では、どうなるんだ？」

「どうなるも何も、保彦君が選んだ美雪以外の『最初の一人』が、小説を書くわけはないのよ。当たり前ね。誰かは知らないけれど、その最初の一人はこんな事情なんて知らないんだから」

「今の時点で……！」

友恵が予想したとおり、ホタルが言った。

「君が持っている『時を翔る少女』があるんだ。だったらそれを、この……あの、謎の女からもらってきた住所に届ければいいだけの話だろう?」

「そうね」友恵は頷いた。「ホタル、あなたが二三一一年で野垂れ死にしてもいいならね」

「え?」

「あなたが持っている時を超える力は、あと、一回しか使えないのでしょう? 二三一一年に行った時点で、あなたは不審者扱いになるわ」

「い……、いや待て違う。私は『時を翔る少女』を既に、二三一一年に置いて来た……」

「だから、それじゃあパラドックスになると言っているでしょう」

「あ……」

ようやく、ホタルも気づいた。

そうなのだ。

『時を翔る少女』は、出版されないと駄目なのだ。

誰かが書いて、誰かが出版社を通し、世に流通させないと駄目なのだ。

なぜならば、書いた人物がいなくなるからである。

「わかりやすく言うとこういう事……、まず『時を翔る少女』というタイトルの小説があったの。ペンネームは何でもいいわ。本名じゃないのだから、誰がなっても同じ事。そして、『その小説を読んだ』、二三二一年の『時を超える力』を作った科学者が、物語の続きを読むためにこの時代……、一九九二年にやって来た。という事は、この最初である『時を翔る少女を書いた人物』がいなくなれば、当然、保彦君はこの時代に来ない。この時代に来ないという事は保彦君は失踪しない。そして保彦君がいなかったら、あなたたちタイムパトロールも存在しなかった。だから、あなたは未来に帰れない。わかった？」

「……何となくだが、理解した。理解はしたが」

なおも、ホタルは友恵の持っている『時を翔る少女』から、目を離さなかった。

「『時を翔る少女』の現物は、今そこにあるのだから、『リライト』の作中で、酒井茂が最後に説明したとおり、『それ』が今のこの時代にあれば、既に未来は保証されているのではないか？」

「違うわ。保彦君が発見した『出版社もタイトルもわからない謎の本』は、最初と最後がなかったのよ。だからこそ、保彦君はこの時代に探しに来たのだから」

「そうではない。その『時を翔る少女』を、とにかく出版さえしてしまえば」

「いいえ、ホタル、逆なの。『それ』では、この『時を翔る少女』のままでは、出版されなくなるの」

「……？」

この時代の出版業界に詳しくないホタルには、理解できなくても無理もない。

逆に、読書好きで、雑誌などもよく読んでいる友恵には、業界の仕組みがよくわかっていたため、それをホタルに説明した。

「例えば、今、私が持っているこの『時を翔る少女』を仮にAとしましょう。これを、どこでもいいけれどとにかく公募の新人賞に出す。そして運良く受賞して、出版する事になったとしましょう。そこまではいい。だけど、ここから先が駄目なのよ。必ず編集者と、校閲の手が入るから。その時点で元のままの『時を翔る少女』では、なくなってしまうの。Aプラスか、Aマイナス、いずれにせよ、オリジナルのAのままでは、出版されないの。そして、AプラスかAマイナスが、二三一一年に現存していて、『それ』を保彦君が読んだとしても、彼がこの時代に来るかどうかは限らないの。だって、保彦君が読んだのはあくまでも『A』なんだから」

つまり、と友恵は話を締めくくった。

「二〇〇二年に、この『高峰文子』という作家が、実在していなくてはならないの。そして、高峰文子の編集者……『リライト』の中では仮に『佐野』という人物にしたけれど、実在する高峰文子の実在する編集者を、用意しなくてはならないの。だからホタル、あなたは二〇〇二年になったら、この『時を翔る少女』を出版しているR社というところに行って……」

言い掛けて、友恵は気がついて『あ』と呟いた。

そうか。

だからか。

だから『リライト』の中で、『高峰文子のストーカー』がいたのだ。

そして仮に『高峰文子』の担当編集者が、『佐野』ではなくても、彼女なら無理矢理に担当を決めてしまう事ができるのだ。

「――――」

さすがに友恵も、怖くなった。

自分はここまで想定して『リライト』を書いたわけではない。

一九九二年の時点で、その十年後である二〇〇二年、引いてはその千年後である西暦三〇〇〇年の事まで、予測できるわけがない。

しかし、『時』はそうなっている。

因果が、既に決まっている。

そして……『ここから先』は、本当に友恵でも予測も推測も成り立たない事態になっていった。


「友恵」

それは、母の声だった。

「……穂足ちゃんから、電話が来たんだけど」

「————！」

友恵の部屋に受話器を持って顔を出した母親に、咄嗟にホタルが洗脳装置を向けた。

一瞬の光の後、そこには気の抜けたような表情になった友恵の母親がいた。

「……ホタル！」

「仕方がないだろう」ホタルは気まずそうな顔で言った。「その『穂足』は、ここにいる事になっているのだから、連絡が来るはずもない。だからこそ、君の母親は怪訝な顔と声だったのだから」

「……そうね」

渋々、友恵は認めて、受話機を受けとった。母は、ホタルが『電話などなかった。何も見なかった』と命令すると、大人しく居間へ戻っていった。

それを確認してから、友恵は電話に出た。

「……はい、もしもし、穂足？　今どこ？　まだ興津？」

『友恵、それどころじゃない』

それから、友恵は穂足の話に耳を傾けた。

保彦が、やはり穂足に接触しようとした事。

両親と兄を荼毘に付したので、骨壺を持ってこのまま東京の親戚に行く事にした事。

そこで、申しわけないが後の処理を友恵に任せたい事。

ここまではよかった。しかし、次の話で友恵は仰天した。

『友恵、「保彦」って、もうこの時代にいるよ』

「そうよ。言ったじゃない。転校生が来たって」

『そうじゃなくて、まだ赤ん坊の「保彦」が、今の時代にいるの』

「……は？」

穂足からその話を聞いて、友恵の顔が青ざめていった。

興津での葬儀の際、一条夫妻が、まだ幼い『保彦』という名の赤ん坊を連れて来た事。

その赤ん坊が火傷をしたら、その後に現れた中学生の『保彦』に火傷の痕があった事。

「……」

『これ、そうだよね？　私が考えている事、間違ってないよね？』

「……つまり穂足、あなたは『園田保彦』が、『一条保彦』だと言いたいの？」

震える声で親友にそう質問したところ、親友は簡単に言った。

『わからない。わからないから、あんたに電話した』

「……」

『友恵？』

「……ちょっと、考える時間をちょうだい。あと、二十分したら、また電話を……いえ、こちらから電話するわ。今、新幹線内の公衆電話？　じゃあ、その番号を教えて」

電話を切って、手短に穂足と話した内容をホタルに聞かせると、彼女もまた驚いた。

「もう、この時代に『奴』がいるだと。どういう事だ？」

「わからない……、ちょっと待って。考えるから」

友恵は、必死に計算していた。

『園田保彦』が二三一一年に失踪した科学者であると実証する方法。これはできる。

『一条保彦』が『園田保彦』と同一人物だと証明する方法。これもできる。

『高峰文子』を実在させる事。これもできる。

できないのは……と考えて、友恵は絶望的な気分になった。

「駄目だ」吐息と共に、友恵は呟いた。「どうしても、できない。力が一つだけ、足りない……」

いや……。

できる……？

そうだ、演技すればいいのだ。

自分自身が、知らなかった事にすればいい。

知らなかった上で、あの力を使っておけばいい。

その上で、二〇〇二年に現れたホタルがその姿を見たら、暗示が解けるようにすればいいのだ。

「ホタル……」

強い決意でもって、友恵はホタルにこう問い掛けた。

「時間を守るために、十年分の時間を、私に賭ける気はある？」


日付が変わり、一九九二年、夏。七月二十一日、深夜。

友恵が、保彦とのキスを終えたところだった。

「……」

保彦が複雑な表情を浮かべた顔で、友恵を見た。

「君は、この後……」

「『リライト』の通りに、『時を翔る少女』を出すかって？　出さないわよ」

ただ、あなたからもらった時を超える力は、別のところで使わせてもらうけどね、と友恵は思っていた。

「なら、なぜ、『リライト』を書いた？」

「それは、あなたに読ませるためよ」

「僕に？」

「あなたじゃない。もっと幼くて可愛い『保彦』によ」

「……？」

「さ、これで演技は終わり。あなたはどこにでも、好きなところへ行きなさい」

文字通りの演技を終えて、友恵は自分の家の庭に降り立った。

保彦は、不思議そうな顔で、どこかへ消えた。

降りてきた友恵を、ホタルが待ち受けていた。

「はい、これ」

と、友恵が自分の口の中に手を突っ込み、保彦と自分の唾液を、ホタルに差し出した。

受け取ったホタルが、何かの機械に唾液を通すと、すぐに反応が出た。

「やっぱり『奴』だ。間違いない……！」

「では……」

「ああ、打ち合わせの通りにする。一九九七年でいいんだな？」

「ええ、今ではまだ、幼すぎる。会話ができる年齢にならないと意味がないから」

「わかった。では、友恵。未来で、待っている」

その言葉を最後に、ホタルの姿が掻き消えた。

「さ、て……」

友恵は、自ら書いて製本した『リライト』を取り出した。
「どこの新人賞がいいかしら……。どこでもいいんだけど」
責任を取らねばならない。
別に、自分がやった事なのではなく、酒井と保彦が薬をばら撒いた所為なのだが。
なので、
どうすれば『リライト』の通りになるか。
それでいて、どうすれば『リライト』の通りにならないか。
考え、計算し、友恵は冷静に結論を出した。
いい、いいいか。
演じきればいいのだ。

この半年後、友恵は『リライト』という作品で作家としてデビューする事になる。
また、雨宮家は、蔵の倒壊と興津で起きた地震の恐怖により、翌年、引越す事になる。
引越し費用として、友恵は自らが受賞した際の賞金を両親に渡した。
ただし、その時友恵は、引越し先として条件をつけた。
『静岡県内で、雪が見えるところ』
というものだった。

これにより、雨宮家は静岡県東部……御殿場にほど近い場所に引越す事になった。

この時点で友恵は、一条家が近い場所に別荘を持っており、冬に雪が積もるとこの別荘に遊びに来る事がわかっていたからだ。

そして、これから五年後、一九九七年の冬。

一人の少年と、一人の少女が、真っ白な一面の銀世界で、出会った。


「幼稚園にね、北海道から引っ越してきた子がいるんだけど、その子に、うちは冬になると雪遊びをしに、こっちに行くんだよって言ったら、変な顔をされたんだ。寒い時に、わざわざ何で雪を見に行くのかってね」

「静岡県の人じゃないとわからないから、仕方がないよ」

そう少女は言った。

「静岡ではめったに雪は降らないからね。それでも、うちの両親もそうだったけど、子供には一度雪を見せなきゃならないって、静岡の人は考えるみたい。私も、もっと子供の頃、この辺まで両親に連れてこられた記憶がある」

どこまでも続く銀世界で、少年と少女が、雪遊びをしながら、語り合っていた。

少女は雨宮友恵。一九九七年に『リライト』という作品でデビューした作家である。ペンネームは『岡部蛍』。

少年は、一条保彦。

友恵は偶然を装って一条保彦、即ち『保彦』に接触し、仲良くなる事に成功していた。

どうしても確かめなければならない事があったからだ。

また、それとは別の目的のため、『リライト』を出版し、世に出していた。

もし一条保彦が『リライト』の事を知らなければ、何らかの手段でもって彼にあの物語を読ませなければならなかったのだが、偶然にも彼は既に『リライト』を読んでいた。

いや……、偶然ではないのだろう。

時の因果の巡る果てに、と言うべきなのだろうか。

小さな雪だるまを作ろうとしている『保彦』の傍らで、友恵は目を細めた。

この少年が『保彦』。

本当に『保彦』であるならば、少年はこの先、どういう運命を辿るのだろうか……。

友恵には、それはわからない。

「ね、保彦君……、いえ、一条君」

「なあに、お姉ちゃん？」

雪の冷たさで、顔を真っ赤にしていた保彦が、無邪気に反応した。

「会った時に、言ったよね。私は『リライト』という小説の作者なのだと」

「うん、おもしろかったよ」

「そう、ありがとう」

友恵の手が、柔らかな保彦の髪をゆっくりと撫でた。

「でもね……実は、あの物語には嘘があるの」

「え？」

「作中で酒井君……、酒井茂というキャラクターに、『実はこういう事だったんだよ』と、私は書いたのだけれど、実は『ああいう風に』解釈しなくても、『実はこうすればリライトの通りにはなるよ』という、解釈の方法があるの。それには、作中に仕込んだある『嘘』に気づけばいいの」

「へえ……」

「これは、お姉さんから君へのクイズ。もし、この問題を解く事ができたなら……」

友恵が、首元から小瓶を取り出した。

中に入っているのは『時を超える力』。

「それ、なあに？」

「これはね……私の宝物」友恵は、小瓶を見ながら言った。「一条君、もし私が出すクイズを解く事ができたなら、君にこの宝物をあげるよ」

それは、ホタルから預かった友恵との約束の証だった。

# エピローグ１『大槻雪子の手紙』

雨宮先輩へ

まず卒業アルバムの件なんですが、本当にいただいてもいいのでしょうか？

確かに、男子には第二ボタンがあるけれど、女子は（特にうちはセーラーなので）そういう習慣がないので、卒業アルバムの、一ページをコピーさせてもらいたいと言い出したのは、私なのですけれど。

まさか、アルバムごと送られてくるとは思いませんでした。

本当にいいのですか？　学校からは一人一冊しかもらえないはずですよね？

もし、送り返す必要がありましたら、返信でその旨を書いてください（いえ、確認をしているだけで、アルバムをもらえた事自体は、本当に嬉しいです。念のため）。

私も、雨宮先輩と同じく一人っ子なのですが、自分がどうこうよりも、卒業アルバムの類は、親から手放さないようにしなさいと言われるものだと思いまして。

とにかく、ありがとうございます。大切にします。


この手紙は、右の事を確認したいだけで書いたのですが、これだけではあまりにも寂しいので、近況を書かせてもらいます。

先輩が文芸部に残していった『リライト』、つい最近読みました。

びっくりしましたよ。私に姉がいる設定で、しかもその姉が主人公なんですもの。『大槻美雪』ですか。でも作中では既に結婚しているから『石田美雪』なんですね。だから、全然違和感がなかったです。自分に姉がいるといわれても、実際には私は一人っ子なわけで、私の苗字の『大槻』を使うのはちょっとな、と思っていましたが、姓が変わっているので安心しました。

そういえば、作中で出てくる旧校舎。あの事故をまさか未来人との接触で壊れた事にするとは、先輩の才能に嫉妬せざるを得ませんでした。

それから、ひょっとして先輩、予言者か何かですか？　あの旧校舎、つい最近更地になって、何ができるかと先生に聞いたら、来年本当に新しいクラブハウスができるらしいんですよ！　そうです、来年なんです！　私が卒業した後の事なんですよ！　もう事故から一年経っているんだから、早々に建ててくれればいいのに、何で来年からなんでしょうね？

それから、作中に出てきた『携帯できる電話』でしたっけ。将来、本当にそういうものができるかもしれませんね。できたら本当にほしいんですけど……、現状だと友達と長電話していると母から怒られますのでね。うちは三人家族で、お父さんが仕事関係に使う以外はほぼ私しか使わないんだから、いいんじゃないかって思ってるんですけどね。

そう、お父さんです。

先輩の小説、あまりにもよくできているので、お父さんにも読ませてみたんです（勝手な事をしてごめんなさい！）。

お父さんも褒めていましたよ。こんな事なら私を『美雪』と名付ければよかったって。

あと、お父さんも『携帯できる電話』があれば、是非欲しいと言ってましたね。

もし私が大学に入学する頃に、そういう電話があれば、記念に買ってくれると言ってましたよ。

まあ、本当にそんなものが発売されるかどうかなんてわからないわけで、単なる冗談なんでしょうけどね。

それでは、また機会があれば、手紙を書きます。

九三年、冬、大槻雪子

# エピローグ２『蛍と保彦』

「じゃあ本当に、お姉ちゃんがこの『リライト』を書いた人なの？」

「ええ、本当よ」

少年の質問に、黒衣の少女は、優しく答えた。

場所は、静岡県御殿場市。

冬のこの地域は、既に一面の雪が、銀世界となって展開していた。

「で、お姉ちゃん……本当に、この小説には『嘘』があるの？」

「ええ」

「……どうして？　嘘があるのに、発売したの？」

「ちょっと、そうする必要があったから……」

言いながら、黒衣の少女は、冬服のポケットからあるものを取り出した。

途端、ラベンダーの匂いが、雪の中に漂い始めた。

「……それは、何？」

少年が、好奇の目で、飴のようなそれを見つめていた。

「あげる」

つ、と少女が少年に向かって、それを差し出した。

少年は戸惑っているようだった。

「お父さんが、理由もなしに、誰かから何かをもらっちゃいけないって」

「君は、私の本を読んでくれた」少女はそう言った。「それだけでも、嬉しいの。だから、ご褒美に」

少女が、儚げに笑った。

悲しそうに、
優しそうに、
切なくなるような笑みで、銀世界の中、黒衣の少女が笑った。

少女は最初、「力が足りない」と考えた。「彼女」が持っている二つだけでは、どうしても足りない。

しかし、演技をすれば、もう一つ手に入る事がわかった。

だから——彼女は演じたのだ。

自らが書いた物語の通りに。

そして、あとは、

「じゃあ君、その代わりに髪を一本だけちょうだい」

「僕の髪なんか、どうするの？」

「秘密」

「まあ、いいけど」

少女の白い手に少年の髪が一本、置かれた。

置かれたと同時にふっとその髪が消えた。

そして間もなく、少女の耳に通信が入る。

『確認した。この二つのＤＮＡは間違いなく同一人物のものだ。協力を感謝する』

「そう」

悲しげに、少女は頷いた。

「どうかしたの、お姉ちゃん？」

「いえ、なんでもないの、一条君」悲しみを隠すように少女が笑う。「じゃあ、例のクイズの答えがわかったら、また会いましょう」

「うん、じゃあね、お姉ちゃん」

少年が去った後、しばらくして一瞬で、この場には場違いな夏服の少女が現れた。

「……ホタル」

「これで、確定だな」

「ええ」

「『時を翔る少女』は、書かれないと駄目なんだな？」

「私には何の問題もないけれど、あなたにとっては、駄目なんでしょう？」

「そういう事か……」

呟いて、ホタルが何かの器具を取り出した。

それは、喪われてしまったあの夏に、消えた少年が使っていたものを、さらに小型化したものだった。

調整をして、ホタルが自分にそれを向ける。

「……躊躇わないのね」

ホタルのその様子を見て、さすがに黒衣の少女は言わずにはいられなかった。

「人生を変える事になるのに」

「価値観の相違を、君と私とで論じたところで、益体もない事だ。私たち二人の間には、約一〇〇〇年の隔たりがあるのだから」

「ええ……」

「むしろ、私には君のほうが酷だと思うが？　君は今から、私に向かって、来るべきその日まで、演技をし続ける事になるのだから」

「わかっている」

「そうか」

それだけだった。

それだけで、二人の蛍とホタルは、了承した。

「では、蛍、さよならだ」

「ええ、ホタル、さよなら」

一瞬の光の後……、
ぱん、という音が響いた。

「え……!?」

美雪が、呆然とした顔で、親友の友恵を見つめていた。

「最低！」友恵が、叫んだ。「人のモノを勝手に見るなんて！」

そう言って、友恵が、美雪の持っていた本を奪い取った。

代わりに、友恵が持っていた本を、美雪に押しつけた。

そして、雪の中を去っていった。

「友恵？」

美雪は、呆然としていた。

「……巴？」

それは、私が書く小説の、主人公の名前。

「……友恵？」

それは、現実にいた、私の親友の名前。

「……とも」

美雪は、腕を伸ばした。

わけがわからない。

自分が何者か、わからない。

この時がなんであるか、自分には理解できない。

「まって、とも」

（――小説を）

それは、自らにかけた暗示の言葉だった。

（――時を――）

駆けた先で、
欠けた時間を、
賭ける事で、
書くのだ。

（そうだ、小説を……）
書かなければ、いけない。
私は、そのためにここにいるのだから。
美雪は、歩き出した。
歩くうちに、その姿が変わっていった。
十四歳の美雪から、現在の姿である、十七歳の美雪に。
美しい雪が、変化するように。
溶けていくように。
冬のホタルは、夏の美雪に、溶けていった。

# エピローグ3『遠き秋の日』

一九九二年、暦の上では秋だが、まだ暑い夏の季節に起こった。

一人の警官が、卒業アルバムと思しき物を手に、とあるマンションの通路を進んでいた。

警官は、まだ若かった。

彼は数日前、不思議な印象を抱かせる女性から『誰かが、自分の後をつけている』と言われ、その女性を世話をした。

彼が、とある部屋の前で止まり、チャイムを押した。

表札には『石田』とある。

しかし、特に反応がなかった。

二回目を押しても反応はなく、三回目でようやく、「はい」と、中から声が聞こえた。

しかし、

「え？」

警官は、少しだけ驚いた。

中から出てきた女性が、彼の記憶と一致しなかったからだ。

彼が覚えていたのは、優しげな風貌の、女性作家と聞いていた女性だったのだが、この時、顔を出した女性は違った。

黒衣をまとった、美人には違いないが、それでも『あの時』交番を訪ねてきた女性とは、明らかに違っていたのだ。

「え、あの」

警官が表札を見た。自分が間違っていると思ったのだろう。

しかし、彼は間違っていない。

私……雨宮友恵は、言った。

「いえ、大丈夫です」警官に向かって、首を振った。「ここは『石田美雪』の部屋です。私は彼女の友人で雨宮と言います。今、引越し作業をしている最中で、『美雪』はちょっとした買い物に出ているだけなんです」

これは嘘ではない。

『美雪』の部屋は、確かに引越し業者の何人かがつめていて、作業の途中だった。

はあ、と警官は私に言った。

「ひょっとしたら、警察の方が来るかもしれない、と『美雪』が言っていたのも了承しています。……卒業アルバムを、返しにいらしたのですよね？　私が預かって、彼女に渡しますので……」

「いえ」

警官は、戸惑いながらも、それでもちゃんと職務をこなした。

「いえ、申しわけありませんが、『石田美雪』さん、ご本人でなければ」

警官に落ち度はない。

私……雨宮友恵と、『石田美雪』が知人であるかどうかは、彼にはわからないからだ。

そして実際、私と『石田美雪』は知人でもなんでもない。

『石田美雪』もそうなら、『大槻美雪』とも、友達でもなんでもない。

いや、友達だったのだろうか？

……少なくとも、誰かの行為の責任を取らせるために、一つの人生を押しつけた私を、『彼女』が許すはずもないのだが……。

それでも、仕方がない。

もう、『美雪』はいないのだから。

だから、私は、困った態度を装って言った。

「そうですか。……では、美雪が戻ってくるまで。いえ、でも、いつ戻ってくるかはわかりませんし、明日にはもう、美雪は東京へ行ってしまうので……」

私は、警官が持っていた卒業アルバムに手を伸ばした。

しかし、警官は渡さなかった。

「いえいえ、申しわけありませんが、やはり『石田美雪』さん本人にしか、これは渡せません」

「……わかりました」

そこで私は、最終的な切り札を出す事にした。

「でも、同じ事だと思いますよ」

「何がですか？」

「その卒業アルバムは私のものですから」

「どういうことでしょう……？」

「最後のページを見てください。ちゃんと私の名前が書いてあるはずですよ」

警官が首をかしげながら、言われたとおりに最後のページを開く。

「あ……」

そこには『雨宮友恵』と書かれていた。

当然だ。これは本当に私の卒業アルバムだからだ。

「これ、一体いつ」

「いつも何も、私のものですから、私が学校からもらった時に書いたのです。美雪が卒業アルバムをなくしてしまったので、少し貸してほしいと言われて、貸していたのを忘れていたのですよ。彼女が」にこりと笑って、私は言った。「それとも、ここに来る途中で私が書き込んだとも？　まさか、あなたがしっかり持っていたはずです」

「そう、ですよね」警官はまだ戸惑っていたが、ややあって納得した。「わかりました。では雨宮さんにこれをお返しします」

そう言って差し出された卒業アルバムを、私は受け取った。

やっと、約束を守れた。

一〇〇〇年後の未来から来たあの子との約束を、果たす事ができたのだ。

代わりに、私はあの子に、十年の時間を賭ける事になったのだが……。

それは、別の話だ。

「では、本官はこれで」

軽く一礼した後、警官は去ろうとした。

しかし、一歩踏み出した時点で、何かを忘れていたように立ちどまった。

「あ、そうでした」

「まだ、何か？」

私は、まだドアを閉じていなかったので、もう一度戻ってきた警官に声をかけた。

彼は、制服の内ポケットから手帳を取り出し、私に質問をしてきた。

「えー、これは本官からではなく、小林《こばやし》警部……、あ、ご存知ですか。はい、例の殺人事件を担当している者からの質問です。まず石田美雪さん、いえ、大槻さんは、アルバムに載せるための写真撮影の日に、欠席したのですね？」

「はい」

予想していた事だったので、私は少しも慌てず、その質問に答えた。

なぜなら、二年四組の名簿に、私の名前は確かにあるからだ。

「了解しました」警官が頷く。「大槻さんの写真がないので、どうも変だと警部が仰っていたもので。あと、それから」

「はい、このアルバムには抜けがあります」

「ああ、やっぱり」二度、警官が頷く。「生徒の住所が漏れていたんですね。石田、いえ大槻さんの住所と電話番号がどこにも載っていないので」

「ええ、酷い話なんです」

この際だが、私は学校側に責任を擦り付ける事にした。

これは、本当に『嘘』なので、調べればばれてしまうのだが、別にばれたところで構わない、と思ったからだ。

「学校側が、責任を取らなかったんですよ。たった一人の住所だけ漏れて、それでアルバムを全部回収、刷り直す《リライト》なんて、お金が掛かりすぎますからね。結局、このまま配布されたんです」

「そうですか。了解しました。……では、これで」

警官が去っていった。

さて、と呟いて、私は部屋の中へ戻る。

作業を終えた業者が、私に話しかけてきた。

「詰め込みの作業は完了しました。あとは、車に載せるだけです」

「そうですか、ご苦労様です」

「それで、『美雪』さん本人は、新幹線で別に移動するのですよね？」

「はい」

「わかりました。では」

業者も、去っていった。

誰も、何も、なくなった部屋で、私は一人、卒業アルバムと共に、思い出していた。

どこから、始まったのだろう。

どこで、終わったのだろう。

否、恐らくはまだ、始まってもいない。

複雑な……それでいて怪奇な、御しがたい、時の流れ。

まさか、本当に桜井さんが殺されるとは思っていなかった。
もちろん私が殺したのではない。
いや、桜井さんもそうだが、なぜ長谷川さんまでも？
わからない。
私には、わからない。
私にできるのは、せいぜい『演じる』事だけだった。
「いえ……、違う」
本当に『演じ』たのは、あの子だった。
ホタルだったのだ。

# エピローグ4『リアクト』

相良穂足……旧姓は坂口穂足。私こと雨宮友恵の友人である、穂足からの電話で、私は『時を翔る少女』が、穂足の勤める出版社の新人賞に応募された事を知った。

『本当に来たよ……、友恵。「時を翔る少女」が』

「来て、当然よ。来るようにしたんだから」

私はこの時、既に東京で一人暮らしをしていた。

作家として。

そして、酒井茂が彼自身の言葉の通り、ライターになっていたのも、穂足経由で知っていたが、二人とも彼の存在を無視していた。

恐らく、このままの通りなら、彼は二〇〇二年に同窓会を開く。

そう、『リライト』の通りに。

彼は、それでいい。

彼らの行った『過去』自体は、正しいし、彼らの思っている通りだからだ。

しかし、作者側である私たちは、それでは済まない。

何しろ『リライト』の通りにするわけにはいかないからだ。

そもそも、もう『リライト』の通りにはならない。

なぜなら、私こと雨宮友恵は、既にあの『時を超える力』を使ってしまっていたからだ。

それでも、仕方がない。

同窓会の通知が来たところで、私は、かなり強い匂いを発する紫色の飴を探し求めた。

結局そんなに強い匂いを発する飴は、やはり人気がないのか、市販されていなかった。

当然と言えば当然かも知れない。市販されていないような、その空間に一粒出すだけで、たちまち辺りに芳香が漂うような代物だったのだ。あの薬は。

だからこそ彼……保彦も、識別のためにわざときつい匂いをつけたのだから。

なので私は、とりあえずラベンダーを何本かと、市販されているラベンダーの香りと色を抽出したオイルを買い求め、ラベンダーをオイルの中に漬けておいた。

さて、どうやってこの色と香りを飴に付着させようかと思ったのだが、別に飴でなくてもいい事に気がついた。

少なくとも口に含み、その後飲み込んだ『ような』演技をするために、無意識に食べ物でなくては、と思い込んでいたので飴しか思いつかなかったのだが、『本当』は、別に飲み込まなくてもいいので、考えた結果、私はそのきつい香りのするラベンダーのオイルを、医療用の丸いカプセルの中に注入して、偽装する事にした。

作ってみて、しげしげと眺めてみたが、

「うん、これなら大丈夫」

と、判断した。

一瞬の事だ。

匂いこそ本物のラベンダーなのだから、ばれる事はあるまい。

そして、同窓会は無事に始まり……私は、わざと遅れてその店に入って行った。

ちなみにだが、穂足にも同窓会の通知は届いたようだ。

これは、茂がわざわざ私の実家に電話をかけ、相良穂足……中学生当時は坂口穂足の現在の住所を知りたがっている経緯から、私にばれた。

少なくとも茂は、『自分』が穂足に対しては例の茶番をやっていない事を知っている。

それなのに、なぜ連絡を取り、穂足に通知を出したのか？

「それは当然、彼……酒井君も気がついたからでしょうね。穂足、あなたは実際にはあの七月三日から、二十一日までの期間、私たちの学校にはいなかったけれど、可能性を考えれば、そして、私たちのクラスに『園田保彦』というクラスメイトが来た事を知っていれば、『時を翔る少女』は書けるもの」

　だから茂は、転校してしまった穂足にも、通知を出したのだ。

『で、私は同窓会に行ったほうがいいの？』

　穂足にそう聞かれた。

　私は、少し考えてから、こう答えた。

「どっちでもいい。来たければ来てもいいし、仕事が忙しいなら来なくてもいい。……彼らが『誰を』最初の一人にしたのかはわからないけれど、どっちにせよ、同じ事。『石田美雪』は、存在していて、けれど私たちのクラスにはいなかったのだから、どうせまた、茶番になる」

　それがわかっているけれど、私はまた茶番を演じなければならない。

『リライト』の通りに、半分まではしなければならない。

　そう、誰が薬を使っていて、誰が使っていないのか、私にはわからないからだ。

　だからこそ私は、十年の時間をあの子に賭けた。

『そう、じゃあわかった。私は行かない』

　電話口で、穂足は言った。

『正直、ちょっと見てみたいんだけどね。友恵……あなたが「友恵」を演じるところを』

　恐らく、通話先の穂足は、苦笑いしながら言っていたのだろう。その光景を想像して、私は少しだけ苛々したが、まあ仕方がない。

他ならぬそのシーンを書いたのは、私自身だからだ。

「ま、でも穂足は確かに来ないほうがいいかもしれない。そうすれば少なくとも酒井君は不安になるはずだから。彼らの考えでは完璧なシナリオが、崩れる事になるからね。そう、本当に酒井君は思い込みで倒れるぐらいはしてくれるかも」

私は、意地悪く言った。

意地が悪くて当然だ。でなければ、『リライト』のような物語など、書けるはずがない。

さて、と私は通話を切ろうとしたのだが、穂足がさらに聞いてきた。

『ところで、友恵』

「うん？」

『桜井唯さんの手紙……読んだけど、あれは何なの？』

「ああ、あれはね」

かつての同級生、桜井唯が、『リライト』の著者である『岡部蛍』……つまり私に出した手紙を、私は出版社経由でちゃんと受け取り、読んだ。

読了して、思わず爆笑した。

あまりにおかしかったので、親友である穂足にも、手紙を見せた。

しかし、穂足には今の今まで、意味がわからなかったらしい。

『何で桜井さん、知らない振りをしているの？　園田と酒井君は、ちゃんと彼女にも例の茶番をやったんでしょう？』

「違う、違う違う穂足」私は、笑いを抑えるのに必死だった。「あれは逆なの。知っているのに、知らない振りをする事で、相手の反応を確かめるのが目的の手紙なの」

『……？』

「だから、転校生はいなかった。ただし穂足以外は、と仮定して、桜井さんは私宛に手紙を書いたのよ」

『わけがわからない。あの頭のよかった桜井さんが、何でそんな事を？』

「それも逆なの。桜井さんは頭がよかったから、ああしたのよ」

桜井唯は『リライト』を読んだ。

読んで、戦慄した。

そこには『真実』が書かれていたからだ。

自分が体験したあの夏の物語が、すべて嘘だったと描かれていた。

自分一人のものだと思っていた物語が、すべて共有されていたものだと知った。

だからこそ、作者を探した。

『リライト』を鵜呑みにしたので、作者は私たちのクラスの中の誰か、だと思った。

しかし、である。

桜井は頭がよかった。

だから気づいた。

『リライト』を肯定しては、駄目なのだ。

なぜなら、ばれてしまうからだ。

だからこそ私は『リライト』を世に出したのだ。

「恐らくだけど、桜井さんは『使わなかった』んだと思う。例の薬を」

『え……』

「桜井さんだけじゃない。他にもたぶん、数人……『使わなかった』生徒はいると思う。ええ、使うほうが変だわ。たとえ五秒間だけでも……使おうと思えば、あの力は金儲けに使えるもの。競馬ならどの馬が勝つか見るだけでいいし、ルーレットならどの番号に入るか見るだけでもいい。考えれば考えるほど……頭がよければよいほど、あの力を悪用する手段は、いくらでも思いつくのよ」

そして『リライト』を読めば、そんな『使わなかった』自分を正当化する事ができる。

あの物語は嘘だったのだから、あの物語の通りにしなかった自分は、別に悪くない。

悪くないのであれば、偶然にも……いや、『保彦が渡してきた』薬なのだから、私用に使っても構わない。

そう考える人間が、絶対にいると思ったので、一九九二年の時点で私は『リライト』を書いたのだった。

　まさか、世に出すとは思わなかったが……。

「だから、桜井さんは作者である私に言ってきたのよ。『リライト』は嘘だって、こんな事は実際には起こらなかった。その証拠にあのクラスの一人である私、桜井唯には『保彦』の記憶なんてない、と言ってきたの」

『桜井さんはそんな事をして、何をしたかったの？』

「だから、真偽の確認をしたかったのよ。『リライト』が嘘なら、あの思い出は私だけのもの。本当なら薬を使う口実にできる」

『……他の生徒に聞けばよかったんじゃないの？』

「聞くのが怖かったから、私に聞いてきたんじゃない」

『え……？』

　穂足は戸惑ったが、彼女も頭はそう悪くはない。だから、数秒後に気づいた。

『そうか、薬をネコババしたから……！』

「そう、後ろめたいから、他の生徒には聞けなかったのよ。逆に、思いっきり私用している『リライト』の著者には聞けた。だから、手紙でわざと知らない振りをしていたの」

『あーそうかそうか、そういう事か』

「だから作中で殺した云々は手紙を出す理由に使ったに過ぎないの。桜井さんが本当に聞きたかったのは『この物語が真実であるかどうか』であり、真実だとしたら自分の記憶も改竄されているはずだから、知っているのに、知らない振りをしたの」

『そうか、頭がよかったから逆に、肯定する振りをしたのね』

「そういう事」

ようやく穂足が納得したので、私は通話を切った。

さて、どこまで語ったか。

たしか『石田美雪』が、『時を翔る少女』を書いて、相良穂足の勤めるR社の新人賞に応募した事を、私が穂足経由で知った事。

実際は、私は文芸部の後輩である『大槻雪子』から、その情報を得ていた。

雪子の『姉』である『大槻美雪』が、小説を執筆している事を。

しかし、最初から穂足の口から『時を翔る少女』を出版しましょう、と言わせるのは、『いくらなんでも話が上手過ぎる』と思われかねないので、最初は、穂足に『時を翔る少女以外で』と、言わせたのだ。

そして私自身は、穂足から実際に応募されてきた『時を翔る少女』を見せてもらい……、

「よし」

その場所は、都内のあるホテルの一室だった。

誰かに目撃されるわけにいかなかったので、わざわざ部屋を取り、私は原稿を持ってき

た穂足から、それを受け取り……。

「あ」

驚いている穂足を横目に、私は未来の私から受け取った『時を翔る少女』を取り出し、未来で市販された『時を翔る少女』の通りに、応募された原稿の『時を翔る少女』の手直しを始めた。

「あ、あ、……そうか、そういう事！」

「そう、これでないと本当の『時を翔る少女』にならないの」

作業している私の横で、穂足は驚きながら、原稿を走る鉛筆を眺めていたが、やがて気づいて言った。

「あ、だ、駄目だよ、友恵！」

「？」

私は、罫線を引いていた手を止めた。

「記号とかならともかく、字は入れちゃ駄目だよ。『石田美雪』に、私の字と筆跡が違う事がばれちゃう！」

「ああ、何だそんな事」

私は、構わず作業に戻った。

「どうでもいいわ。穂足……、編集者、相良穂足さんは、この鉛筆を入れた『時を翔る少女』を『美雪』に渡したら、あとはもう、彼女に関わらないようにしなさい。退職したと嘘をつくのもいい。『美雪』が書く原稿はどうせ、すべて私が書く約束なのだから、編集者があなたでなくても、別に構わないわ」

「ああ、そっか、よく考えればそうか。わかった。じゃあ、その原稿を、ホ」

「穂足！」

私は、慌てて親友の口をふさいだ。

「その名前を言わないで……、誰が、どこで、聞いているのかわからない」

「いや、わかるけれど」

穂足は、部屋を見回してから、言った。

「ここ、ホテルの中だよ？ 誰が聞いているって言うの」

「万全を期しているのよ。でなければ、誰がこんな『書き直し《リライト》』の『直し書き《リアクト》』なんてするものですか」

「そうだけど……」

やがて、作業が終わった。

時の練り直しは済んだ。

そして、済んだと同時に……、私が鉛筆を入れて完成した『時を翔る少女』を穂足に渡した途端……。

「あ」

「……ああ」

私が持っていた市販された『時を翔る少女』は、消えてしまった。

まるで、美しい雪のように。

まるで、霞のように。

まるで、蛍の光のように。

あるいは、小さな、幻想的な霧のように……、
消えてしまった。

それを目撃してから、私は言った。

「そう……。これで、確定した。未来で市販された通りの『時を翔る少女』が存在する確率が、確定した。だからもう、『時を翔る少女』は、必要じゃなくなった」

だから消えた。

だから、必要なくなった。

でも……と穂足が呟いた。

「だったら……『リライト』の中で『時を翔る少女』を過去に持ち込んだのは誰なの？　友恵、少なくともあんたじゃないんでしょ？　あの薬はもう使ってしまったんだし、私はそもそももらってないんだし」

「もちろん、そうよ。でもそんな事はどうでもいいの。『石田美雪』はちゃんと存在していて、彼女が『時を翔る少女』を書いて、世に出した事になるのだから」

だから、始まりはどうでもいいのだ。

未来に帰ったホタルが、適当に製本して、私の部屋に置いてきてもいい。

なぜならば『時を翔る少女』は、二〇〇〇年の冬の、今の時点で、

●『大槻美雪』のパソコンの中。

●『相良穂足』のパソコンの中。

●『酒井茂』が持っているフロッピーディスクの中。

少なくとも三つ、存在しているのだから。

しかし、その中で『正解』は、私が持っている『時を翔る少女』でしかなかった。

これを、二三一一年に『保彦』が読まなかったら、そもそもがパラドックスになってしまう。

「だから……私にこの作業をやらせるために、『時を翔る少女』は、あの時あの場所に、私の手元に……あったのよ。たぶん」

さて、『時を翔る少女』についての顛末は、これで終わり。

一応、言っておくと、相良穂足がR社に勤めていたのは偶然であり、また『大槻美雪』が、R社の公募新人賞に応募したのも、これは偶然である。

決して私が、雪子を通じて『R社の公募新人賞に応募したらいいよ』と、姉である美雪に言わせたわけではない事は、語っておく。

ところで、すべてを終えた後、またしても穂足に聞かれたのだが、

「どうして友恵自身が『時を翔る少女』の作者にならなかったの？」

言うまでもない。自分が書いていないものを『作者』だと名乗るわけにはいかなかったからだが、あえて私はこう答えた。

「『高峰文子』よりも『岡部蛍』のほうが、気に入ったからよ」


しかし、あの時……昨日、岡部町で私と美雪が出会ったのは、偶然ではなかった。

雪子から、年末に姉が帰省する事を聞いた私が、『美雪』と『リライト』の作中の登場人物である、あのクラスメイトと接触する事を阻止するために岡部町へ行ったのである。

穂足が『美雪』から、桜井の家を弔問すると聞いた時、これを阻止するため、穂足から桜井の家へ電話をかけ、何も事情を知らない桜井の両親に、かつての桜井のクラスメイトとして、『大槻美雪』という人物はいなかったと告げたのも、これが理由だ。

岡部町の時でも、実はこれでよかった。

よかったが、穂足が岡部町に行く理由がない。

なぜなら『リライト』の中には、『坂口穂足』が存在しないからだ。

既に、電話で『美雪』から、岡部町が故郷だという事を聞いている以上、偶然出会わせて、『奇遇ですね。実は私もここが地元なんです』と、言わせる事はできない。既に電話で聞いている以上、『なぜ、あの時言わなかったのか』という話になるからだ。

だから、私が出張った。

私には、一目見て、それが『美雪』だとわかった。

バスの中で……、一番前の席に座っているのが『美雪』だとわかったのだが、声はかけないでおいた。なるべくなら私と『美雪』は接触しないほうがいいと思ったからだ。

だが、実際に岡部町に着いてみると、さらに予想しない事に、酒井君の家が法要の真っ最中だった。

田舎の事である。葬儀を知らなかったにせよ、同級生の家族の法要なのだから、無理に出席してもおかしくない。

だから、酒井君の家の近くで見張っていた私は、家の中から酒井君本人が出てきたので、急遽『美雪』と酒井君の接触を阻止したのだ。

酒井君は『大槻美雪』の事など、知らないから。

当然だろう。『大槻美雪』は、二年四組の中にはいなかったのだから。

なぜなのか、この事情をまず語ったほうがいいだろう。

私は、ホタルにこう語った。

『ホタル、あなたの持っている時を超える力は、あと一回しか使えないのよね？　なら、あなたは一九九七年の冬に行きなさい。今は駄目なの。まだ彼が赤ん坊だから、言葉を話せる年齢にならないとコミュニケーションが取れないから』

何の事かと言えば、『保彦』である。

『一条保彦』が本当に『園田保彦』なのかどうか、確認しなければならない。

そうしないと彼が二三一一年に行かないからだ。

彼が二三一一年にいないと、そもそもがパラドックスになるからだ。

だから私は当初、私の持つ『時を超える力』でもって、彼を二三一一年に飛ばすつもりだった。

一条の家の人には悪いが、幼児である『保彦』を因果の通りにするには、それしかないと思っていたからだ。

しかし、この思惑は外れた。

なぜならば、『リライト』の通りに、桜井、長谷川の二名が何者かに殺害され、そして室井《むろい》大介《だいすけ》もまた、遭難事故で死亡したからである。

この時点で当然、穂足から私に、電話がかかってきた。

『友恵、ひょっとして、本当に……』

親友の言葉は続かなかった。

私を疑っていたのだろう。

「いいえ、違う。私じゃない」

何より『リライト』の通りにする事など、私は望んでいなかったのだから。

しかし、仕方がない。

『高峰文子』の準備と仕込みはできていたのだから、私は変装してとある出版社へ赴き、『高峰文子の本名を教えてくれ』と迫った。

そう、『リライト』のストーカーの正体は、私だったのだ。

しかし、私にできるのはせいぜい、ここまでだった。

桜井と長谷川が、なぜ、誰に殺されたのか、それはわからない。

また、この時代にいる『一条保彦』と『園田保彦』が同一人物である事は、私が『一条保彦』からもらった髪の毛を、『園田保彦』のDNAと比較する事により判明したわけだが、では、この後、『彼』はなぜ、遥か未来である二三一一年に存在する事になるのか、その因果は私にはわからない。

私にできるのは、ホタルを美雪にする事だけだった。

「つまり、『時を翔る少女』の記憶を持った『誰か』が、この時代にいればいいのだろう？　それでいて定期的に『卒業アルバム』の事を思い出さないように、暗示をかければいいのだろう？」

そう語るホタルの前で、私は申しわけなさげに、頷いた。

「そう、そういう事、なんだけれど……できるの？」

「できる」

「自分に暗示をかけた事を、矛盾なく自分の中で消化して、別人になりきる事ができるの？」

「できる。永遠には無理だが、時間が来れば暗示が解ける事にしておけば、十分に可能だ」

だから、私は時間を彼女に賭けた。

『リライト』の通りになるように。

『リライト』の通りにならないように。

二〇〇二年……同窓会当日、出版された『時を翔る少女』を買って、同窓会へ赴き、その後現れたホタルに思わず……、

『美雪』

と、言ってしまった。

あまりにも、懐かしかったから。

一九九二年の夏、ほんの少しだけともにいた少女。

私の友達。

「さて……」

場所は静岡駅。

時刻は午後十時ごろ。私は新幹線のホームにいて、東京行きの新幹線を待っていた。

脇に、卒業アルバムを抱えながら。

すべて終わった。

役目を成し遂げたホタルは、もう未来に帰ったのだろう。

ホームに立ち、夜空を眺めながら、私はこの十年間に思いを馳せていた。

その時、ふと思いついた。

私の厄介なところで、このために結局は十年間を賭ける羽目になったのだが、それでもまた、思いついてしまった。

よし、この十年をそのまま物語にしよう。

それは、四人の少女の物語だ。

一人は、未来から来た、セーラー服の少女。
一人は、辛い目に遭って、それでも負けない、強い少女。
一人は、自らの記憶の差異に悩む、女性小説家。
そしてもう一人は……。
「そうね、タイトルは……

re-act

1，繰りかえす，やり直す。

2，〈劇・場面・訳を〉再び演じる。

react

1 〈刺激などに対して〉反応［感応］する。

2 〈ある作用に対して〉反作用をする。

（新英和大辞典）

本書は、書き下ろし作品です。

## 次世代型作家のリアル・フィクション

**マルドゥック・スクランブル**
The 1st Compression——圧縮〔完全版〕
冲方　丁

自らの存在証明を賭けて、少女バロットとネズミ型万能兵器ウフコックの闘いが始まる。

**マルドゥック・スクランブル**
The 2nd Combustion——燃焼〔完全版〕
冲方　丁

ボイルドの圧倒的暴力に敗北し、ウフコックと乖離したバロットは〝楽園〟に向かう……

**マルドゥック・スクランブル**
The 3rd Exhaust——排気〔完全版〕
冲方　丁

バロットはカードに、ウフコックは銃に全てを賭けた。喪失と安息、そして超克の完結篇

**マルドゥック・ヴェロシティ1**〈新装版〉
冲方　丁

過去の罪に悩むボイルドとネズミ型兵器ウフコック。その魂の訣別までを描く続篇開幕！

**マルドゥック・ヴェロシティ2**〈新装版〉
冲方　丁

都市政財界、法曹界までを巻きこむ巨大な陰謀のなか、ボイルドを待ち受ける凄絶な運命

著者略歴　1982年静岡県生，作家　著書『リライト』『リビジョン』（以上早川書房刊）『バイロケーション』『地獄の門』『404 Not Found』

HM=Hayakawa Mystery
SF=Science Fiction
JA=Japanese Author
NV=Novel
NF=Nonfiction
FT=Fantasy

# リアクト

〈JA1154〉

二〇一四年四月二十日　印刷
二〇一四年四月二十五日　発行
（定価はカバーに表示してあります）

著者　法《ほう》条《じょう》遥《はるか》
発行者　早川　浩
印刷者　矢部真太郎
発行所　株式会社　早川書房
郵便番号　一〇一‐〇〇四六
東京都千代田区神田多町二ノ二
電話　〇三‐三二五二‐三一一一（大代表）
振替　〇〇一六〇‐三‐四七七九九
http://www.hayakawa-online.co.jp

乱丁・落丁本は小社制作部宛お送り下さい。
送料小社負担にてお取りかえいたします。

印刷・三松堂株式会社　製本・株式会社フォーネット社

ISBN978-4-15-031154-4 C0193



本書は活字が大きく読みやすい〈トールサイズ〉です。